本書難易度對應日本語能力試驗 JLPT

N3　N2　N1

日日系列

SURASURA!

日語讀解 初階篇

今泉 江利子、石川 隆男、堀越 和男 編著

附解析夾冊

多元主題 ✕ 模擬試題 ✕ 重點整理

獨家贈送 文章主題相關日劇與動漫列表，延伸趣味學習

三民書局

序

　　《SURASURA! 日語讀解》為針對欲增強日語閱讀能力的學習者所設計的讀本，分為「初階篇」與「進階篇」兩冊。「初階篇」適合 JLPT 日本語能力試驗 N3 程度，「進階篇」則適合 N2 至 N1 程度使用。全書共有 6 大主題章節，每章節收錄 3 篇閱讀測驗，包含 2 篇長文以及 1 篇應用文，共計 18 篇，題型仿照日本語能力試驗的出題形式。除了基本的單篇散文之外，應用文素材涵蓋食譜、海報以及廣告傳單等，內容多元、豐富有趣。

　　臺灣人學習日語時經常受母語影響，憑藉著閱讀漢字的優勢，認為只要隨意瀏覽就可了解大致語意，而沒有仔細閱讀字句內容，導致無法確實掌握文章所要表達之意，考試時便無法正確作答，甚至來不及讀完篇幅較長的文章。為了解決臺灣學習者的困擾，我們邀請三位日籍專業日語教師編寫閱讀測驗，透過「飲食與文化」、「生活與娛樂」、「文學與文化」、「環境與生態」、「人文與社會」、「職場與制度」6 大主題文章帶領讀者由淺入深認識日本，並藉由前後文意判讀、詢問文章主旨或理由、比較、判斷敘述正確與否等靈活多變的題型，培養出扎實的日語閱讀能力。每篇閱讀測驗的後面亦提供重要單字表、文法整理、單字及文法的綜合練習題，讓讀者在提升日語閱讀能力的同時，一併複習單字和文法，打下良好基礎。此外，解析夾冊提供文章中譯及練習題解答，方便讀者對照、參考。

　　「SURASURA」為日文「流暢地、順利無阻」之意。期盼讀者透過有趣的文章了解日本文化，同時提升日語長文閱讀能力，使學習更加輕鬆愉快無負擔。

◇◆ 本書特色暨使用說明 ◇◆

本文・問題

　　每章節共收錄 3 篇閱讀測驗，包含 2 篇散文與 1 篇應用文。散文裡的漢字附有日語假名，幫助讀者學習，應用文則仿照日常生活中實際的海報、廣告傳單等，不另外於漢字上標記日語假名。問題皆為四選一單選題，透過作答，讀者可測驗自己是否確實讀懂文章內容。

単語

　　整理每篇閱讀測驗中出現的重要單字與專有名詞，提供假名、漢字（或是外來語字源）、詞性以及中文字義，擴充字彙量。詞性一覽表如下：

名	名詞	自	自動詞	副	副詞	接続	接續詞
な形	な形容詞	Ⅰ	第一類動詞	連体	連體詞	接頭	接頭詞
い形	い形容詞	Ⅱ	第二類動詞	感嘆	感嘆詞	接尾	接尾詞
他	他動詞	Ⅲ	第三類動詞	慣	慣用語	助	助詞

＊為配合學習範圍，本書內文精簡部分單字詞性表示。

文型

　　彙整每篇閱讀測驗中出現的日本語能力試驗 N3 重要文法，提供中譯、接續方式以及例句，讓讀者在提升閱讀能力的同時，亦能複習日檢常考文法。接續符號請參見 P. Ⅲ「文型接續符號一覽表」。

豆知識

　　部分閱讀測驗附有「豆知識」，透過一問一答的方式，介紹與該篇文章相關的日本文化小知識，增添學習趣味。

もっと知りたい

　　簡單介紹與該篇文章內容相關的日本戲劇、電影或動畫，引發學習者興趣，進而透過影視作品認識、了解更多日本文化。

＊影音相關連結請參見 https://reurl.cc/Y8OdXx

腕試し

仿照日本語能力試驗「言語知識（文字・語彙・文法）」考題設計，出題範圍為每篇閱讀測驗的重要單字與文法，幫助讀者複習，打下扎實日語能力。

解析夾冊

本書附有解析夾冊，收錄閱讀測驗文章中譯、習題及小試身手參考解答。協助讀者更加理解文章內容，並提升應試實力。

文型接續符號一覽表

接續符號	代表意義	範例
名詞	名詞語幹	今日
名詞普通形	名詞普通形	今日だ、今日ではない、 今日だった、今日ではなかった
ナ形	ナ形容詞語幹	きれい
ナ形な	ナ形容詞語幹＋な	きれいな
ナ形だ	ナ形容詞語幹＋だ	きれいだ
ナ形で	ナ形容詞て形	きれいで
ナ形だった	ナ形容詞た形	きれいだった
ナ形普通形	ナ形容詞普通形	きれいだ、きれいではない、 きれいだった、きれいではなかった
イ形い	イ形容詞辭書形	忙しい
イ形い	イ形容詞語幹	忙し
イ形くて	イ形容詞て形	忙しくて
イ形ければ	イ形容詞條件形	忙しければ
イ形普通形	イ形容詞普通形	忙しい、忙しくない、 忙しかった、忙しくなかった

接續符號	代表意義	範例
動詞辞書形	動詞辭書形	話す、見る、来る、する
動詞ます	動詞ます形	話します、見ます、来ます、します
動詞ます	動詞ます形去ます	話し、見、来、し
動詞て形	動詞て形	話して、見て、来て、して
動詞ている	動詞て形＋いる	話している、見ている、 来ている、している
動詞た形	動詞た形	話した、見た、来た、した
動詞ない形	動詞否定形	話さない、見ない、来ない、しない
動詞ない	動詞否定形去ない	話さ、見、来、し
動詞意向形	動詞意向形	話そう、見よう、来よう、しよう
動詞ば	動詞條件形	話せば、見れば、来れば、すれば
動詞普通形	動詞普通形	話す、話さない、 話した、話さなかった
名詞する	動詞性名詞	電話
文	句子	引用文、疑問文、命令文、感嘆文

◇◆ 目次 ◇◆

圖片來源：Shutterstock

第 1 章　飲食與文化

日付：　　／

 1

ミルクレープ

　皆さんは、「ミルクレープ」を知っているだろうか。フランス語の「mille」と「crêpe」を組合せた造語である「ミルクレープ」とは、薄く焼いたクレープを幾層にも重ね、間にクリームやフルーツなどを挟んだケーキである。クレープとクリームの相性が最高で、パイの生地を使った「ミルフィーユ」に似ている。だが、「ミルクレープ」は、フォークだけで切れるほど柔らかく、切った時の断面が美しい。その上、ケーキより甘さが少ないので、健康志向の現在、多くの人々に愛されている。

　ところで、このスイーツは、名前こそフランス語だが、フランスで生まれたわけではない。コーヒーゼリーやイチゴ・ショートケーキなどと同様に日本で誕生したと言うから、①驚きである。1978 年東京のカフェで売り出されたのが始まりらしい。そのとき、この珍しいスイーツに興味を持った日本の大手コーヒーショップ・チェーンが許可を得て、販売し始めたところ、瞬く間に全国で有名になったという経緯がある。

　こうして、日本では知らない人はいないほどポピュラーになったことから、今やその噂は海外にも広まった。アメリカのニューヨークのある高級デザート専門店では、一切れ 10 米ドルほどで「ミルクレープ」が売られていて、アメリカ国内をはじめアジアにも支店があるほど人気を得ているらしい。

　東京の街の小さなカフェで誕生したスイーツが、世界で愛されるなんて、ケーキ好きの私としては、②これほど嬉しいことはない。

問題

1　「ミルクレープ」とはどんな食べ物か。

　1　コーヒーゼリーのような甘さが少ないスイーツ。

　2　イチゴ・ショートケーキのように甘さがあるスイーツ。

　3　健康志向のためにパイの生地で作ったスイーツ。

　4　クレープを何層にも重ねた甘さが少ないスイーツ。

2　①驚きであるとあるが、それは何故か。

　1　名前はフランス語だが、フランス生まれではないから。

　2　フォークだけで切れるほど柔らかく、断面が美しいから。

　3　ケーキより甘さが少なくて、多くの人に愛されているから。

　4　大手コーヒーショップが許可を得て、販売し有名になったから。

3　②これほど嬉しいことはないとあるが、何が嬉しいのか。

　1　このスイーツは、日本の東京の小さなカフェで誕生したこと。

　2　このスイーツが、アメリカの高級デザート店でも有名になったこと。

　3　日本で誕生したこのスイーツが、世界の人に愛されたこと。

　4　このスイーツが、日本やアメリカやアジアでも食べられること。

4　筆者はどんな人か。

　1　大手コーヒーメーカーのひと。

　2　このスイーツを考えたひと。

　3　甘いものが大好きなひと。

　4　よく海外に行っているひと。

単語

1. ミルクレープ	【法 mille crêpes】	名 千層蛋糕
2. くみあわせる	【組（み）合（わ）せる】	他Ⅱ 組合，組成
3. ぞうご	【造語】	名 新興詞語，新詞彙
4. クレープ	【法 crêpe】	名 可麗餅
5. かさねる	【重ねる】	他Ⅱ 重疊；反覆
6. はさむ	【挟む】	他Ⅰ 夾
7. さいこう（な）	【最高（な）】	名・な形 最棒，最好
8. きじ	【生地】	名 麵團；質地；布料
9. ミルフィーユ	【法 mille-feuille】	名 法式千層酥
10. だんめん	【断面】	名 剖面，斷面，截面
11. けんこうしこう	【健康志向】	名 講究健康，健康取向
12. あいする	【愛する】	他Ⅲ 喜愛；愛
13. おどろき	【驚き】	名 驚訝，吃驚
14. うりだす	【売り出す】	他Ⅰ 販賣，上市
15. おおて	【大手】	名 大型（公司或企業）
16. える	【得る】	他Ⅱ 取得，獲得
17. またたくま	【瞬く間】	名 一瞬間，一剎那
18. いきさつ	【経緯】	名 事情經過，原委
19. いまや	【今や】	副 現在已經；現在正是
20. うわさ	【噂】	名 風聲，傳聞
21. してん	【支店】	名 分店
22. にんき	【人気】	名 受歡迎

❀ 文型

1. そのうえ～【その上～】　不僅僅是…而且…

　　接　そのうえ＋文

　　例　切った時の断面が美しい。その上、ケーキより甘さが少ない。

2. ～ことから　由於…；從…

　　接　名詞である／だった
　　　　ナ形な／である／だった
　　　　イ形普通形
　　　　動詞普通形　　　｝＋ことから

　　例　日本では知らない人はいないほどポピュラーになったことから、今やその噂は海外にも広まった。

3. ～ほど～はない　沒有比…更…

　　接　名詞＋ほど＋名詞＋はない

　　例　ケーキ好きの私としては、これほど嬉しいことはない。

🦉 豆知識

Q：除了千層蛋糕 (Mille crêpes) 之外，還有哪些名稱看似來自國外，實際上卻是誕生於日本的食物呢？

A：土耳其飯（トルコライス）為長崎的特色美食，是將炸豬排、義大利麵、土耳其抓飯或咖哩炒飯裝在同一盤子上，名稱由來眾說紛紜。另外還有臺灣拉麵（台湾ラーメン），名稱雖然有臺灣兩字，但並非誕生於臺灣，而是由一位在名古屋經營餐庭的臺灣移民所創，特色是在拉麵上加入辣味肉燥。

▶ もっと知りたい

テレビドラマ『この恋あたためますか』

本劇講述在便利商店打工的女主角喜歡於社交平臺上評論超商甜點，之後被社長挖角至總公司參與甜點開發。

 **腕試し**

（　　）に入れるのに最も良いものを、1・2・3・4から一つ選びなさい。

1 　佐藤さんは明るくて優しいですから、クラスメートだけでなく、先生たちにも（　　）。

　　1　売り出されています　　　　　　　　2　組み合わせています

　　3　愛されています　　　　　　　　　　4　挟まれています

2 　この若い女性歌手は日本ではもちろん、台湾や韓国でも（　　）があります。

　　1　支店　　　　　　2　人気　　　　　　3　生地　　　　　　4　志向

3 　（　　）によると、来月の 14 日にあの大手スマホメーカーから新しいスマホが発表されるそうだ。

　　1　チェーン　　　　　2　クレープ　　　　　3　造語　　　　　4　噂

4 　仕事後の映画は（　　）だった。今度一緒に行かない？

　　1　最高　　　　　　2　有名　　　　　　3　高級　　　　　　4 同様

5 　スポーツ好きの私にとって、休日に友達と野球をするほど（　　）。

　　1　楽しいことはない　　　　　　　　　2　楽しいことのはずがない

　　3　悲しいことはない　　　　　　　　　4　悲しいことのはずだ

日付：　　／

2 冷たい弁当

　どの国にも、外国人にはなかなか理解しにくい習慣があるものだ。日本も例外ではない。日本の大学院に勉強にきている私は、同じ台湾人留学生が日本の新聞に投稿した「弁当冷めたまま何故食べる」という文章を読んだことがある。その投稿は当時インターネット上でも話題となったほど反響があった。内容は、台湾人はお弁当を温めて食べるのに、日本人は冷めたまま食べるが、なぜ温めようとしないのだろう。不思議でしかたがない①というものだった。

　確かにそうだ。日本人にはおかしな習慣があると心のなかでそう思った。私も、高校時代には、学校に着くとすぐ保温機にお弁当を入れておくのが習慣だった。お昼まで常温に置いておくと、鮮度が悪くなるし、冷めたまま食べると身体に良くないと思われているからだ。とくに日本の冬は台湾より寒い。なんて変わった習慣なのだろうと首を傾げたものだ。ただ、全員がそうだというわけではない。中には最新式の保温式弁当箱を使っている人もいる。しかし、少数派に過ぎない。

　ところが、②さらに不思議な習慣がある。それは、持参弁当や駅弁などは、そのまま温めないで食べるのに、コンビニ弁当は店の電子レンジでチンしてもらっているのはなぜだろうか。この矛盾する日本人のお弁当の習慣をどう理解すればいいのだろうか。専門家は、チルド弁当は温める必要があるが、一般に日本のジャポニカ米は冷めてもおいしいのが特徴なので、昔から温めないのかもしれないと話している。

問題

1　①というものとあるが、それはどういうことか。

1　どこにでも外国人には理解しにくい習俗習慣があるということ。

2　インターネットでも有名になっている新聞の記事のこと。

3　同じ台湾出身の留学生が書いて、新聞に載った記事のこと。

4　日本人には、お弁当を温めないでそのまま食べる習慣があること。

2　この記事を読んだあと、筆者はどう思ったか。

1　この新聞の記事に対して、初めて聞いた内容だと思った。

2　この新聞の記事に対して、基本的には賛成だが一部例外もあると思った。

3　自分と同じ台湾の留学生の投稿が新聞に掲載されて、嬉しいと思った。

4　日本で自分も同じ経験をしたので、全くその通りだと思った。

3　②さらに不思議な習慣の説明として正しいものはどれか。

1　最新式の冷めない保温式弁当箱を使う習慣。

2　コンビニ弁当は、電子レンジで温めてもらうという習慣。

3　日本の冬は寒いのに、冬でも温めないでお弁当を食べる習慣。

4　台湾人はお弁当を温めて食べるが、日本人は冷めたままだという習慣。

4　専門家は、日本人がお弁当を温めないことについて何と言っているか。

1　人によって違う。チルド弁当などは温めて食べると言っている。

2　本当は健康のために日本人もお弁当は温めた方がいいと言っている。

3　家庭で作ったお弁当は安全だし、冷めてもおいしく作ってあると言っている。

4　日本の米は、冷めてもおいしいから、温める習慣があまりないと言っている。

単語

1. りかい	【理解】	名・他Ⅲ 理解，了解
2. だいがくいん	【大学院】	名 研究所（碩博士班）
3. とうこう	【投稿】	名・他Ⅲ 投稿；投書
4. さめる	【冷める】	自Ⅱ 冷掉，變涼
5. とうじ	【当時】	名・副 當時
6. わだい	【話題】	名 話題
7. はんきょう	【反響】	名・自Ⅲ 迴響，反響
8. ないよう	【内容】	名 内容
9. あたためる	【温める】	他Ⅱ 加熱
10. ふしぎ（な）	【不思議（な）】	名・な形 不可思議
11. じょうおん	【常温】	名 常溫
12. せんど	【鮮度】	名 新鮮程度
13. くびをかしげる	【首を傾げる】	慣 感到疑惑
14. ぜんいん	【全員】	名 所有人，全體
15. べんとうばこ	【弁当箱】	名 便當盒
16. ところが		接続 然而，不過，可是
17. じさん	【持参】	名・自他Ⅲ 自備，帶來
18. えきべん	【駅弁】	名 鐵路便當
19. でんしレンジ	【電子レンジ】	名 微波爐
20. チンする		他Ⅲ 用微波爐加熱
21. むじゅん	【矛盾】	名・自Ⅲ 矛盾
22. チルド〜	【chilled】	接頭 冷藏（攝氏零度左右）
23. いっぱん（な）	【一般（な）】	名・な形 一般，普通
24. ジャポニカまい	【ジャポニカ米】	名 粳稲米（水稻的一種）
25. とくちょう	【特徴】	名 特徵，特色

文型

1. 〜（よ）うとしない　不願…

　　接　動詞意向形＋としない

　　例　彼は冷めた弁当をそのまま食べる、温めようとしない。

2. 〜てしかたがない　非常…；…得不得了

　　接　ナ形で
　　　　イ形くて ｝＋しかたがない
　　　　動詞て形

　　例　これは実に不思議でしかたがないことだった。

3. 〜わけではない　並非…

　　接　名詞な／である／だった
　　　　ナ形な／である／だった ｝＋わけではない
　　　　イ形普通形
　　　　動詞普通形

　　例　この件はみんなが賛成したわけではない。

 豆知識

　　Q：日本最早的便當是從什麼時候出現的呢？

　　A：「便當」一詞出現於日本的安土桃山時代（16 世紀末），當時已開始使用便當盒等容器來裝食物。進入江戶時代（1603 年～ 1867 年）後，建立了現代便當的概念，平民外出郊遊、欣賞戲劇時會隨身攜帶便當，具代表性的幕之內便當（幕の内弁当）正是誕生自江戶時代。

▶ もっと知りたい

テレビドラマ『＃居酒屋新幹線』

本劇描述男主角利用出差的機會外帶在地美食、地方美酒或鐵路便當，並於回程的新幹線上享用。

 腕試し

（　　）に入れるのに最も良いものを、1・2・3・4から一つ選びなさい。

1 彼はしゃべり方が変わっているので、よく（　　）人だと思われます。
 1　矛盾する   2　おいしい   3　一般的な   4　不思議な

2 お味噌汁が（　　）うちに召し上がってください。
 1　冷めた   2　寒くない   3　冷めない   4　寒くて

3 毎日牛乳を飲めば背が高くなる（　　）。運動も睡眠も大事だ。
 1　わけだ   2　わけではない
 3　わけがない   4　わけにはいかない

4 この少年少女の青春を描くアニメが、高校生の間で（　　）になっています。
 1　理解   2　話題   3　内容   4　矛盾

5 弟はアメリカでの留学生活が楽しく（　　）らしい。
 1　てからでなければ   2　てもおかしくない
 3　てしかたがない   4　てもしかたがない

日付：　　／

3　ブログレシピ　卵焼き

調理時間：15 分
費用目安：150 円
難易度：★★★☆☆

関東の卵焼きの材料（2 人分）
卵：3 個
調味料
（A）さとう：大さじ 1
（A）こい口しょう油：大さじ 1/2
サラダ油：適量

関西の卵焼きの材料（2 人分）
卵：4 個
調味料
（A）うす口しょう油：大さじ 1
（A）だし：100ml
サラダ油：適量

関東風卵焼きの作り方

「卵焼き、関東と関西で違うってホント！？」

手軽でおいしい卵焼きは朝ごはんやお弁当の定番ですが、江戸時代には、すでに今のような卵焼きが作られていたそうです。

この卵焼き、関東と関西どちらも四角い形ですが、味は異なります。関東ではしょう油や砂糖を入れて作った甘めの卵焼きがよく作られ、「厚焼き玉子」と呼ばれることもあります。一方、関西では砂糖を使わずに、だしをたくさん使ったやわらかい卵焼きがよく作られます。

作り方
① ボウルに卵と調味料（A）を入れて、簡単に混ぜます。
② 卵焼き器を熱してサラダ油を入れます。
③ 中火にして、先ほど混ぜた卵液を 1/3 入れて、全体に広げます。
④ 奥から手前に卵を巻いて、奥に移動させます。
⑤ 残った卵液を③－④の順番で繰り返します。
⑥ 焼きあがった卵焼きを食べやすい大きさに切れば、完成です。

ポイント
① 卵は空気が入ると破れやすくなるので、混ぜ過ぎないこと。
② 関東の卵焼きは砂糖が入っていて、こげやすいので注意すること。

問題

1 　卵焼きの説明で正しいものはどれか。

　1　甘い関東の卵焼きは江戸時代に子供向けに作られたことが始まりである。

　2　関東の卵焼きはたっぷりのだしに、砂糖や醤油を加えて作るところが特色である。

　3　関西の卵焼きはだしを使っているためやわらかいのが特徴で、厚焼き玉子とも呼ばれる。

　4　関東と関西の卵焼きの味はそれぞれ違うが、形はどちらも四角い。

2 　チンさんは関東の卵焼きを作り方のとおりに作ろうと思っている。正しい材料はどれか。

　1　卵・しょうゆ・さとう・サラダ油

　2　卵・しょうゆ・だし・サラダ油

　3　卵・さとう・だし・サラダ油

　4　卵・しょうゆ・さとう・だし・サラダ油

単語

1. ブログ	【blog】	名 部落格
2. レシピ	【recipe】	名 食譜
3. たまごやき	【卵焼き・玉子焼き】	名 玉子燒
4. てがる（な）	【手軽（な）】	名・な形 簡單，輕易
5. ていばん	【定番】	名 必備，基本款
6. すでに	【既に】	副 已經
7. しかくい	【四角い】	い形 四方的，四角的
8. ことなる	【異なる】	自Ⅰ 不同，不一樣
9. いっぽう	【一方】	接続 另一方面
10. だし	【出し・出汁】	名 （使用昆布或柴魚等食材熬煮的）高湯
11. めやす	【目安】	名 大概的標準；基準
12. おおさじ	【大さじ】	名 大匙
13. こいくち	【濃い口・濃口】	名 濃口（醬油）
14. うすくち	【薄口】	名 薄口，淡口（醬油）
15. ボウル	【bowl】	名 調理鉢
16. まぜる	【混ぜる】	他Ⅱ 攪拌；混合
17. ねっする	【熱する】	他Ⅲ 加熱
18. ぜんたい	【全体】	名 整個，整體
19. ひろげる	【広げる】	他Ⅱ 鋪；擴展
20. おく	【奥】	名 裡面；深處
21. てまえ	【手前】	名 自己面前，自己眼前，靠近自己這邊
22. まく	【巻く】	他Ⅰ 捲
23. いどう	【移動】	名・自Ⅲ 移動
24. くりかえす	【繰り返す】	自他Ⅰ 重複，反覆
25. やぶれる	【破れる】	自Ⅱ 破
26. こげる	【焦げる】	自Ⅱ 燒焦，烤焦

文型

1. 〜こと　表示…規定或指示

　　接　動詞辞書形／ない形＋こと

　　例　卵は空気が入ると破れやすくなるので、混ぜ過ぎないこと。

2. 〜とおり（に）／どおり（に）　按照…

　　接　名詞の

　　　　動詞辞書形／た形　｝＋とおり（に）

　　　　名詞／動詞ます ＋どおり（に）

　　例　レシピのとおりに関東の卵焼きを作った。

 豆知識

Ｑ：玉子燒起源於哪個時代呢？

Ａ：日本過去曾有一段時間禁食雞肉與雞蛋，直到江戶時代初期才解禁。在與葡萄牙、西班牙等外國進行貿易的影響下，日本人逐漸開始食用雞蛋，玉子燒正是誕生於江戶時代的平民美食。各地有不同的調味和做法，關東地區以加入砂糖的甜味玉子燒為主流，關西地區則以加入高湯的鹹口味為主流。

▶ **もっと知りたい**

テレビドラマ『孤独のグルメ』

本劇的男主角為老饕，工作之餘四處品嘗不為人知的美食。在第 2 季第 10 集中，他享用了甜味玉子燒。

腕試し

（　）に入れるのに最も良いものを、1・2・3・4から一つ選びなさい。

1 水道料金の支払いは（　）済ませたはずだけど、請求書がまた届いたのはどうしてだろう？
　　1　全体に　　　　　2　すでに　　　　　3　手軽で　　　　　4　簡単に

2 同じ失敗を（　）ように、対策を考えています。
　　1　混ぜない　　　　2　混ぜる　　　　　3　繰り返さない　　4　繰り返す

3 A「この辺にホテルはありますか。」
　　B「あそこに高いビルが3つ見えますよね？（　）のビルがホテルですよ。」
　　1　目安　　　　　　2　定番　　　　　　3　手軽　　　　　　4　手前

4 お酒が飲める年齢は、国によって（　）。
　　1　異なります　　　2　破れます　　　　3　焦げます　　　　4　移動します

5 薬剤師は処方箋（　）薬を作ります。
　　1　のとおり　　　　2　のどおり　　　　3　がとおり　　　　4　がどおり

第 2 章　生活與娛樂

日付：　　／

4　銭湯

　日本には温泉とは別に、町の中に銭湯という公衆浴場が今も存在している。

　そもそも日本人のお風呂の習慣は古く、日本最古の書籍『古事記』（712 年）や『日本書紀』（720 年）には、当時の温泉やお寺が庶民に提供した蒸し風呂についての記載がある。しかし、一般庶民に本当に銭湯が登場したのは、東京では、1591 年の夏で蒸し風呂が始まりだという。しかし、内風呂の普及はと言えば、核家族化と経済の発展が進んだ 1955 年以降まで待たなければならない。日本人のお風呂好きは今も昔も変わらないみたいだ。

　では、日本人にとって銭湯には、どのような意味があるのだろうか。日本では昔から銭湯は、清潔手段だけでなく、リラックスしたり、コミュニケーションをとったりする場として、重要視されてきた経緯がある。つまり、日本人にとって、銭湯に入ることは、温泉にも似た雰囲気を身近に体験できる大切な場所だったようだ。

　最近は、銭湯も時代とともに進化をしている。例えば、スーパー銭湯、スパリゾート、健康ランドなどの新たなスタイルの銭湯がそうである。ここにも日本人の銭湯に対する昔からの思いがうかがえる。

　ただ、長く愛されてきた銭湯には当然公衆マナーがある。まずかけ湯をして、身体を洗って湯船に入る。それから、湯船にタオルを浸けない。そして、シャワーは他の人にかからないようにするなどは常識だと言えよう。正しくルールを守って、悠々の歴史がある銭湯を気持ちよく楽しみたいものである。

問題

1 　普通の人に銭湯が普及したのはいつ頃からか。

　　1　8世紀ごろ、お寺が近くの人に提供した蒸し風呂が始まり。

　　2　日本の最古の書籍によると、7世紀ごろが始まり。

　　3　核家族と経済の発展が進んだ20世紀のなか頃が始まり。

　　4　東京の場合、16世紀終わりごろの夏に登場した蒸し風呂が始まり。

2 　銭湯は、なぜ昔から大切な場所だったのか。

　　1　体を洗うだけでなく、温泉にも似た雰囲気を体験できる場所だったから。

　　2　温泉の湯治場のように病気を治す場所だったから。

　　3　昔から存在する庶民のための大浴場がある場所だったから。

　　4　体の汗や汚れを落として、きれいにする場所だったから。

3 　最近の銭湯はどのように変化しているか。

　　1　内風呂が増えてきたので、銭湯はだんだん減少している。

　　2　昔の銭湯に対する日本人の特別な思いが感じられなくなっている。

　　3　スーパー銭湯、スパリゾートなどの新たなスタイルの銭湯ができている。

　　4　日本人のお風呂好きな習慣は変わらない。

4 　銭湯に入る時のマナーとして、最も不適切なものはどれか。

　　1　かけ湯をして、身体を洗って、湯船に入る。

　　2　湯船に入って、身体を洗って、かけ湯をする。

　　3　湯船に入る時は、湯船にタオルを浸けない。

　　4　身体を洗う時は、シャワーが人にかからないようにする。

単語

1. せんとう	【銭湯】	名 澡堂，公共浴池
2. むしぶろ	【蒸し風呂】	名 蒸氣浴
3. とうじょう	【登場】	名・自Ⅲ 登場，出現
4. うちぶろ	【内風呂】	名 自家浴室
5. ふきゅう	【普及】	名・自Ⅲ 普及
6. かくかぞく	【核家族】	名 小家庭，核心家庭
7. いこう	【以降】	名 之後，以後
8. せいけつ（な）	【清潔（な）】	名・な形 清潔；乾淨的
9. しゅだん	【手段】	名 手段，辦法
10. リラックス	【relax】	名・自Ⅲ 放鬆
11. コミュニケーション	【communication】	名 交流，溝通
12. じゅうようし	【重要視】	名・自Ⅲ 重視
13. ふんいき	【雰囲気】	名 氣氛
14. みぢか（な）	【身近（な）】	名・な形 身旁；切身的
15. リゾート	【resort】	名 度假村
16. スタイル	【style】	名 型式，型態
17. うかがう	【窺う】	他Ⅰ 窺視，看出
18. マナー	【manner】	名 禮節，禮貌，規矩
19. ゆぶね	【湯船】	名 浴池；浴缸
20. つける	【浸ける】	他Ⅱ 浸，浸泡
21. まもる	【守る】	他Ⅰ 遵守；保護
22. ゆうゆう	【悠々】	名・副 悠久，久遠

文型

1. ～について／についての　關於…

    接　名詞＋について＋文

    　　名詞＋についての＋名詞

    例　当時のお寺が庶民に提供した蒸し風呂についての記載がある。

2. ～みたいだ　好像…；似乎…

    接　名詞
    　　ナ形
    　　イ形普通形　　＋みたいだ
    　　動詞普通形

    例　日本人のお風呂好きは今も昔も変わらないみたいだ。

3. ～だけでなく　不僅…

    接　名詞
    　　ナ形な
    　　イ形普通形　　＋だけでなく
    　　動詞普通形

    例　銭湯はリラックスできるだけでなく、コミュニケーションもとれる場所だ。

4. ～にとって／にとっての　對…而言

    接　名詞＋にとって＋文

    　　名詞＋にとっての＋名詞

    例　日本人にとって、銭湯に入ることは、温泉にも似た雰囲気を身近に体験できる大切な場所だ。

▶ もっと知りたい

ウェブドラマ『湯あがりスケッチ』

本劇描述 8 位女性與錢湯的故事，每集皆以實際存在於東京的錢湯為舞臺。

腕試し

（　　）に入れるのに最も良いものを、1・2・3・4から一つ選びなさい。

1 今回の国際交流を通じて、自分から積極的に（　　）をとることが大切だと感じられた。

1　コミュニケーション　　　　　　　2　リラックス

3　スパリゾート　　　　　　　　　　4　スタイル

2 これから温泉旅館のマナー（　　）紹介いたします。

1　にとって　　　　2　について　　　3　に対して　　　4　につれて

3 運転手も歩行者も交通ルールを（　　）ならない。

1　守らなければ　　　　　　　　　　2　浸けなければ

3　うかがわなければ　　　　　　　　4　登場しなければ

4 京都（　　）、奈良や大阪も昔、日本の首都だった。

1　だけ　　　　　　2　だけで　　　　3　だけでなく　　　4　だけでも

5 私にとって、部屋の（　　）と最寄駅からの距離はいちばん大事な条件です。

1　悠々　　　　　　2　普及　　　　　3　清潔　　　　　4　身近さ

日付：　　/

御朱印

　私には、最近始めた趣味がある。それは御朱印のコレクションである。御朱印とは、日本の神社やお寺に古くからある参拝証明の一種で、神社やお寺でいただく手書きの印のことだ。本来は、信者が写経し神社やお寺に納めた際、納めた証として御朱印帳という専用の冊子に日付と認証印を押してもらったのが始まりだと言う。つまり、神様や仏様との縁を結ぶ大切な意味がある信者の宝物でもある。

　ところが、今、そのユニークさから納経の有無に関わらず、御朱印自体を集めるのが一つのブームになっている。流行するにつれて、最近では御朱印女子という言葉も誕生したほどだ。

　信者でもない私が、何故御朱印を集めるようになったのかというと、ネットで見た御朱印があまりにも可愛かったからだ。早速近くの有名なお寺を参拝し、御朱印帳を買い、御朱印をいただいた。たまに見ると一つ一つの御朱印を通して、これまで参拝したお寺や神社の光景が思い出されてくる。

　御朱印帳には蛇腹式と和本式があり、厚手の和紙が使われている。それぞれ表紙には工夫が凝らされていて、ユニークなものばかりだ。中には、若者の好きなアニメのものやカラフルなものまである。そもそも御朱印は墨書きのため同じものは存在しない。そのため証明印というより、むしろアート作品だと言うべきではないだろうか。だから、たとえ何度同じ場所に行っても、また新鮮な感覚がある。二つとない芸術品こそが御朱印の魅力なのかもしれない。

問題

1 「御朱印」とは本来どんなものか。

1 日本の神社やお寺でもらえる参拝証明の一種。

2 神社やお寺の信者が写経して納めた後にもらう納経証明。

3 神社やお寺を参拝した日付と認証印が押された信者の宝物。

4 厚手の和紙で作られたカラフルでユニークな神社やお寺の案内書。

2 筆者は何故これを集めるようになったのか。

1 インターネットのニュースで見たとき、御朱印があまりにも可愛かったから。

2 信者であるため、以前から神様や仏様との縁を結びたいと思っていたから。

3 最近、特に女性を中心に若者の間で流行っていて、興味を持ったから。

4 信者ではないけど、世界に二つとない芸術品だと思ったから。

3 御朱印の魅力の説明として正しいものはどれか。

1 御朱印はすべて筆書きのため、同じものが存在しない。

2 御朱印帳には蛇腹式と和本式があり、きれいな和紙が使われている。

3 各神社やお寺は表紙には工夫を凝らしていて、ユニークなものばかり。

4 御朱印のユニークさと納経の有無に関わらずもらえる。

4 筆者が一番言いたいことは何か。

1 御朱印は、単なる参拝証明ではなく、可愛いコレクションになる。

2 御朱印は、同じ場所で何度書いてもらっても、いつも新鮮感がある。

3 御朱印は、若者の好きなアニメやカラノルなものが多くて楽しい。

4 御朱印は、世界に一つしかない手作りアート作品だから貴重だ。

単語

1. ごしゅいん	【御朱印】	名 御朱印
2. コレクション	【collection】	名 蒐集，蒐藏
3. さんぱい	【参拝】	名・他Ⅲ 参拜
4. しょうめい	【証明】	名・他Ⅲ 證明
5. てがき	【手書き】	名 手寫，手抄
6. しるし	【印】	名 印記；標記；證明
7. ほんらい	【本来】	名・副 本來，原本；應當
8. おさめる	【納める】	他Ⅱ 獻納，繳納
9. あかし	【証】	名 證明，證據
10. ひづけ	【日付】	名 日期，年月日
11. かみさま	【神様】	名 （神社的）神明
12. ほとけさま	【仏様】	名 （佛教的）菩薩
13. えんをむすぶ	【縁を結ぶ】	慣 （與神佛）結緣
14. ユニーク（な）	【unique(な)】	な形 獨特的
15. うむ	【有無】	名 有無，有或沒有
16. じたい	【自体】	名・副 本身；本來
17. ブーム	【boom】	名 熱潮，風潮
18. りゅうこう	【流行】	名・動Ⅲ 流行
19. さっそく	【早速】	副 趕緊，立刻
20. こうけい	【光景】	名 情景，情況，景象
21. それぞれ		副 各自，分別
22. ひょうし	【表紙】	名 封面
23. くふうをこらす	【工夫を凝らす】	慣 費盡心思
24. わかもの	【若者】	名 年輕人
25. カラフル（な）	【colorful(な)】	な形 絢麗多彩的
26. みりょく	【魅力】	名 魅力

文型

1. ～につれて　隨著…

接　名詞
　　動詞辞書形　　＋につれて

例　流行するにつれて、御朱印女子という言葉が誕生した。

2. ～ほど　表示程度

接　名詞
　　ナ形な
　　イ形普通形　　＋ほど
　　動詞普通形

例　御朱印を集めることが一つのブームになっているほどだ。

3. ～をとおして／をつうじて【～を通して／を通じて】　透過…

接　名詞＋を通して／を通じて

例　集めた御朱印を通して、これまで参拝したお寺が思い出されてくる。

4. ～まで　甚至連…都

接　名詞（＋助詞）＋まで

例　今の御朱印には、若者の好きなアニメのものやカラフルなものまである。

5. ～というより　與其說是…

接　名詞普通形
　　ナ形普通形
　　イ形普通形　　＋というより
　　動詞普通形

例　今の御朱印は証明印というより、むしろアート作品だと言える。

6. たとえ～ても　即使…也

接　たとえ＋名詞で／であって＋も
　　たとえ＋ナ形で＋も
　　たとえ＋イ形くて＋も
　　たとえ＋動詞て形＋も

例　たとえ何度同じ場所に行っても、また新鮮な感覚がある。

腕試し

（　　）に入れるのに最も良いものを、1・2・3・4から一つ選びなさい。

1 高齢者人口が増加する（　　）、介護問題はますます大きな課題になってくる。
　　1　につれて　　　　　2　について　　　　　3　にとって　　　　　4　に対して

2 こちらの欄に（　　）とお名前をご記入ください。
　　1　表紙　　　　　　　2　神様　　　　　　　3　光景　　　　　　　4　日付

3 高校の頃、同じ学年に同じ名前の人が3人もいた。しかも漢字（　　）同じだった。
　　1　ほど　　　　　　　2　まで　　　　　　　3　ばかり　　　　　　4　べき

4 この仕事は、語学力を発揮できるという点で（　　）がある。
　　1　若者　　　　　　　2　証明　　　　　　　3　魅力　　　　　　　4　流行

5 あのお菓子メーカーは（　　）な忘年会をする会社として有名です。
　　1　大切　　　　　　　2　新鮮　　　　　　　3　有無　　　　　　　4　ユニーク

日付：　　/

 6　乗り放題切符

名東鉄道乗り放題切符のご紹介

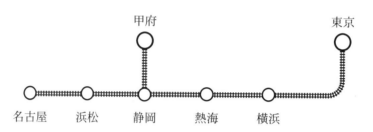

種類	休日乗り放題1dayチケット	3日間フリー切符	友達オトク切符
特長	土曜日・日曜日・国民の祝日に使えるお得な切符。	土日も使えて便利！1枚で3日間連続して使える！	1dayチケット4枚で1セット。家族や友達と一緒に使おう！
適用区間	名東鉄道と名東鉄道バス全線	名東鉄道名古屋駅から熱海駅まで	名東鉄道全線の普通電車
利用可能日・有効時間	土曜日、日曜日、祝日	年末と連休以外の連続3日間	年間
大人料金	1200円/1枚	3200円/1枚	3800円/1セット
子供料金	600円/1枚	1500円/1枚	なし
購入について	駅窓口、またはインターネットで。	駅窓口、または券売機で。	インターネットで。

払い戻しや年齢制限などの注意事項

1. 友達オトク切符は14歳以上の方なら、どなたでもご利用になれます。

　　1セットの切符は4枚、同じ日にお使いください。

2. 払い戻しは、有効期限のうちに、ご購入の駅窓口でお手続きください。インターネットでご購入の方は、インターネットでお手続きください。その場合、手数料が500円かかります。わからないことがあれば、「フリーきっぷ」事務室に電話でお問い合わせください。

お問い合わせ

フリーきっぷ事務室

電話番号：052-555-1178

受付時間：10：00 ～ 17：00（土・日・祝日を除く）

 問題

1 　川上さんは来週の土曜日に奥さんと小学生の子供 2 人の 4 人で東京から浜松に行こう
　　と思っている。使える切符はどれか。

　1 　休日乗り放題 1day チケット

　2 　休日乗り放題 1day チケットと 3 日間フリー切符

　3 　休日乗り放題 1day チケットと友達オトク切符

　4 　友達オトク切符

2 　「友達オトク切符」の払い戻しをするには、どうすればいいか。

　1 　インターネットで、手数料を 500 円払って手続きをする。

　2 　フリーきっぷ事務室で、手数料を 500 円払って手続きをする。

　3 　購入した駅のフリーきっぷ事務室で、手続きをする。

　4 　購入した駅で 500 円払って、インターネットで払い戻しの手続きをする。

単語

1. ～ほうだい	【～放題】	接尾 盡情…；無限次…
2. てつどう	【鉄道】	名 鐵道，鐵路
3. しゅるい	【種類】	名 種類
4. とく（な）	【得（な）】	名・な形 划算；利益
5. とくちょう	【特長】	名 特點
6. しゅくじつ	【祝日】	名 節日（特指國定假日）
7. れんぞく	【連続】	名・自Ⅲ 連續
8. てきよう	【適用】	名・他Ⅲ 適用
9. くかん	【区間】	名 區間；段
10. ゆうこう（な）	【有効（な）】	名・な形 有效
11. れんきゅう	【連休】	名 連假，連續假期
12. ねんかん	【年間】	名 全年，一整年
13. りょうきん	【料金】	名 費用
14. まどぐち	【窓口】	名 窗口
15. けんばいき	【券売機】	名 售票機
16. はらいもどし	【払い戻し】	名 退票；退還
17. ねんれい	【年齢】	名 年齡
18. せいげん	【制限】	名・他Ⅲ 限制，限定
19. セット	【set】	名 組，套
20. てつづき	【手続き】	名 手續
21. といあわせる	【問い合わせる】	他Ⅱ 詢問
22. のぞく	【除く】	他Ⅰ 除外；消除

文型

1. または　或者…

   接　名詞／文＋または＋名詞／文

   例　乗り放題切符は駅窓口またはインターネットで購入してください。

2. 〜うちに　在…之內；趁著…

   接　名詞の
   　　ナ形な
   　　イ形い　　　　　　　＋うちに
   　　動詞辞書形／ない形

   例　払い戻しは有効期限のうちに、ご購入の駅窓口でお手続きください。

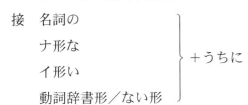 **豆知識**

Q：日本的電車分為「特急」、「準急」等車種，有什麼差別呢？

A：電車會因停靠站數多寡影響速度，雖然每家鐵路公司的車種名稱和定義略有不同，不過一般而言，由快至慢的列車等級為：特急＞急行、快速＞準急＞普通。「特急」主要停靠大站，多需加收費用（少數不用額外加錢）。「急行」和「快速」速度次之，依鐵路公司規定不同，有時需加收費用。「準急」的速度介於「急行、快速」與「普通」之間，「普通」則為多為站站停的列車。

▶ **もっと知りたい**

テレビドラマ『鉄オタ道子、2万キロ』

本劇的女主角為鐵道迷，喜歡獨自前往日本的秘境車站旅行，享受別於日常的美景，並與各地所遇見的人們互動、交流。

腕試し

（　）に入れるのに最も良いものを、1・2・3・4 から一つ選びなさい。

1 海外赴任のために、ビザを申請したり、家探しをしたり、色々な（　）をしなければならなかった。

    1　料金　　　　　　2　除く　　　　　　3　手続き　　　　　4　払い戻し

2 訪日外国人向けの切符をお求めの方は、券売機ではなく、駅の（　）にお越しください。

    1　鉄道　　　　　　2　窓口　　　　　　3　連休　　　　　　4　放題

3 この辞書は、本屋で買うよりもインターネットで買う方が安くて（　）です。

    1　制限　　　　　　2　有効　　　　　　3　連続　　　　　　4　得

4 朝（　）、部屋の掃除や洗濯を済ませたほうがいいよ。

    1　のたびに　　　　2　のわりに　　　　3　のくせに　　　　4　のうちに

5 お支払いは現金（　）クレジットカードでお願いします。

    1　まで　　　　　　2　または　　　　　3　あれば　　　　　4　どおりに

第 3 章　文學與文化

日付：　　／

7

太宰治 『青森』

　青森には、四年いました。青森中学に通っていたのです。親戚の豊田様のお家に、ずっと世話になっていました。寺町の呉服屋の、豊田様であります。豊田の、なくなった「お父さ」は、私にずいぶん力こぶを入れて、何かとはげまして下さいました。私も、「おどさ」に、ずいぶん甘えていました。

　「おどさ」は、いい人でした。私が馬鹿な事ばかりやらかして、ちっとも立派な仕事をせぬうちになくなって、残念でなりません。もう五年、十年生きていてもらって、私が多少でもいい仕事をして、お父さに喜んでもらいたかった、とそればかり思います。いま考えると「おどさ」の有難いところばかり思い出され、残念でなりません。私が中学校で少しでも佳い成績をとると、おどさは、世界中の誰よりも喜んで下さいました。

　私が中学の二年生の頃、寺町の小さい花屋に洋画が五、六枚かざられていて、私は子供心にも、その画に少し感心しました。そのうちの一枚を、二円で買いました。この画はいまにきっと高くなります、と生意気な事を言って、豊田の「おどさ」にあげました。おどさは笑っていました。あの画は、今も豊田様のお家に、あると思います。いまでは百円でも安すぎるでしょう。棟方志功氏の、初期の傑作でした。

　棟方志功氏の姿は、東京で時折、見かけますが、あんまり颯爽と歩いているので、私はいつでも知らぬ振りをしています。けれども、あの頃の志功氏の画は、なかなか佳かったと思っています。もう、二十年ちかく昔の話になりました。豊田様のお家の、あの画が、もっと、うんと、高くなってくれたらいいと思っております。

問題

1　筆者はなぜ青森にいったのか。

　1　親戚の豊田さんに会いにいくから。

　2　画を買って、豊田さんにあげたいから。

　3　通学するためから。

　4　立派な仕事をしたいから。

2　「おどさ」のことについて、正しくないものはどれか。

　1　「おどさ」はいつも筆者のことを応援していた。

　2　「おどさ」は筆者から画をもらった。

　3　「おどさ」は筆者に甘えられていた。

　4　「おどさ」は筆者の父で、呉服屋をやっていた。

3　残念でなりませんとあるが、筆者は何が残念だと思っているか。

　1　立派な仕事ができないうちに、「おどさ」がなくなったこと。

　2　「おどさ」が生きている時、いつも怒らせたこと。

　3　学校でいい成績がとれなかったこと。

　4　二円で買った画は「おどさ」にあげた後、百円になったこと。

4　この文の内容と合っているものはどれか。

　1　筆者が買ったあの画は二十年後百円にも超えた。

　2　「おどさ」が笑ったのは、画はいつか高くなるから。

　3　筆者は画家の棟方志功のことについて何も知らなかった。

　4　「おどさ」はいつも筆者にこぶしを振っていた。

単語

1. しんせき	【親戚】	名 親戚
2. ごふくや	【呉服屋】	名 和服店
3. ずいぶん	【随分】	副 相當，非常
4. ちからこぶをいれる	【力こぶを入れる】	慣 大力支持
5. なにかと	【何かと】	副 各方面，諸多
6. はげます	【励ます】	他 I 鼓勵，勉勵
7. あまえる	【甘える】	自 II 撒嬌；承蒙（他人好意）
8. ばか（な）	【馬鹿（な）】	名・な形 笨蛋；愚蠢的
9. やらかす		他 I 做（「やる」的粗俗說法）
10. たしょう	【多少】	名・副 多少；稍微
11. ありがたい	【有難い・有り難い】	い形 值得感謝的
12. ようが	【洋画】	名 西洋畫
13. こどもごころ	【子供心】	名 孩子氣；童心
14. かんしん	【感心】	名・自 III 佩服，感動
15. いまに	【今に】	副 早晚，總有一天
16. なまいき（な）	【生意気（な）】	名・な形 得意，傲慢，狂妄自大
17. けっさく	【傑作】	名 傑作
18. ときおり	【時折】	副 有時，偶爾
19. みかける	【見かける】	他 II 看見，看到
20. さっそう（な）	【颯爽（な）】	な形 颯爽的，精神抖擻
21. うんと		副 非常；（數量）多

文型

1. ～ばかり　只…；總是…

　　接　名詞＋ばかり

　　例　いま考えると「おどさ」の有難いところばかり思い出された。

2. ～ふりをする【～振りをする】　裝作…的樣子

　　接　名詞の／ナ形な／イ形普通形／動詞普通形＋ふりをする

　　例　彼を見るたびに、私はいつでも知らぬ振りをしています。

 腕試し

　　（　　）に入れるのに最も良いものを、1・2・3・4から一つ選びなさい。

1　イソップ寓話の「オオカミ少年」は、嘘（　　）ついていると、いつか本当のことを言っても、誰も信じてもらえなくなるという話である。

　　1　はがり　　　　　　2　ばかり　　　　　　3　はかり　　　　　　4　ばがり

2　ちょっと（　　）に聞こえるかもしれないけど、私が目指すのは優勝しかない。

　　1　立派　　　　　　　2　颯爽　　　　　　　3　生意気　　　　　　4　有り難い

3　家族がいつも（　　）からこそ、私はがんに立ち向かうことができたのだ。

　　1　励ました　　　　　　　　　　　　　　　2　励ましてあげた

　　3　励ましてもらった　　　　　　　　　　　4　励ましてくれた

4　彼氏と喧嘩した後、彼からのメッセージを全部見て（　　）をすると決めた。でもやはり辛かったので、返事してしまった。

　　1　見ぬふり　　　　　2　見たふり　　　　　3　見てふり　　　　　4　見るふり

5　上司「今日はもう遅いから、先に帰ってもいいよ。」

　　部下「それでは、お言葉に（　　）お先に失礼いたします。」

　　1　甘える　　　　　　2　甘えて　　　　　　3　甘えた　　　　　　4　甘えられて

日付：　　/

8 皇室

　日本には、皇室というヨーロッパのような貴族階級の人々が古くからいる。では、皇室の特徴とはどのようなものだろうか。

　まずは皇室の定義を見てみよう。辞書によると、皇室とは「天皇とその一族」と書かれてある。つまり、天皇は皇族ではなく、別格の存在だということだ。では、皇族とは誰のことだろうか。現在は、皇后（妻）、皇太子（長男）、親王（長男以外の男性）、内親王（女性）の天皇家族が基本である。また、天皇の兄弟には、「宮号」が与えられ、皇室のメンバーになれる。ただ1947年に皇室の財産が国有化し、経費削減や宮号規定が「嫡男系嫡男の曾孫まで」となり、11宮51人が皇室離脱をしたため、現在は4宮17人にまで減少している。

　次に皇室と国民の違いを見てみよう。まず皇室には姓がないこと。次に仕事は自由選択できず、公益を目的とする非営利団体のみであること。そして、自分の家はなく、皇室財産を管理する宮内庁の国の施設に住んでいること。さらに結婚は、内親王は自由だが、皇太子と親王は皇室会議で決定され、皇室を離れるわけにはいかないことが挙げられる。

　現在、皇室は17人中12人が女性である。今の天皇には内親王一人しかいないため、継承者は、今の天皇の弟秋篠宮親王とその長男と今の天皇の祖父の弟である常陸宮の3人しかいない。このため、天皇継承問題がここ数年話題となっている。女性の世界進出が目立つ21世紀、日本に久しぶりに男性にかわって女性天皇が誕生するのだろうか。

問題

1 「皇室」とはどんな意味か。

　1　日本の皇室とは、天皇の家族のこと。

　2　日本の皇室とは、皇室会議で決められた人たちのこと。

　3　日本の皇室とは、天皇とその一族のこと。

　4　日本の皇室とは、昔からの貴族階級の人たちのこと。

2 「皇室」にはどんな規則があるか。

　1　皇室の人たちには、姓も自分の家もないし、また皇室の財産は国が管理する。

　2　皇室の人たちは、貴族だから仕事をする必要はない。

　3　皇室の人たちが結婚する時は、すべて皇室会議で決議しなければならない。

　4　皇室の人たちは全員、勝手に皇室を離れてはいけない。

3 天皇継承問題について、<u>このため</u>とあるが、どんな問題点があるか。

　1　国の経費削減のために皇室の人数が減少し、天皇になれる人が減ってきた。

　2　現在、皇室のメンバーは、17 人中 12 人が女性である。

　3　現在、皇室には、天皇継承者として男性が 3 人いる。

　4　今の天皇には娘が一人いるだけで、息子がいない。

4 この文章は日本の皇室の何について書かれているか。

　1　日本の皇室は以前と違ってだんだん減少している点について。

　2　日本の皇室の定義と国民との違いと現在の問題点について。

　3　日本の皇室の長所と欠点について。

　4　日本と欧州の皇室の違う点について。

単語

1. こうしつ	【皇室】	名	皇室
2. きぞく	【貴族】	名	貴族
3. かいきゅう	【階級】	名	（社會）階級，階層；級別
4. ていぎ	【定義】	名	定義
5. てんのう	【天皇】	名	（日本）天皇
6. べっかく	【別格】	名	特別，格外
7. あたえる	【与える】	他II	授予；給予
8. メンバー	【member】	名	成員
9. こくゆうかする	【国有化する】	自III	國有化
10. けいひ	【経費】	名	經費；開銷
11. さくげん	【削減】	名・他III	縮減
12. きてい	【規定】	名・他III	規定
13. りだつ	【離脱】	名・自III	脫離
14. げんしょう	【減少】	名・自III	減少
15. こくみん	【国民】	名	國民
16. ちがい	【違い】	名	不同，差異
17. せんたく	【選択】	名・他III	選擇
18. もくてき	【目的】	名	目的
19. かんり	【管理】	名・他III	管理
20. しせつ	【施設】	名	設施，機構
21. けってい	【決定】	名・自III	決定
22. はなれる	【離れる】	自II	離開；遠離；分開
23. あげる	【挙げる】	他II	舉出，舉例
24. けいしょう	【継承】	名・他III	繼承
25. しんしゅつ	【進出】	名・自III	參與；進入
26. めだつ	【目立つ】	自II	顯眼，引人注目

文型

1. ～によると　根據…

接　名詞＋によると

例　辞書によると、皇室とは「天皇とその一族」と書かれてある。

2. ～ということだ　也就是說…；意思是…

接　名詞普通形
　　ナ形普通形
　　イ形普通形　｝＋ということだ
　　動詞普通形

例　天皇は皇族ではなく、別格の存在だということだ。

3. ～わけにはいかない　不能…

接　動詞辞書形／ない形＋わけにはいかない

例　男性は、皇室を離れるわけにはいかないことが挙げられる。

4. ～にかわって／にかわり　取代…；代替…

接　名詞＋にかわって／にかわり

例　男性にかわって女性天皇が誕生するのだろうか。

 豆知識

Q：日本皇室成員為什麼沒有姓氏呢？

A：日本皇室被視為神明的後代，自初代的神武天皇以來一脈相傳，稱為「萬世一系」，因此不需姓氏與其他家族做出區隔。此外，古代日本人多無姓氏，只有部分貴族才有，姓氏是由上位者賜給下位者，因此身為最高象徵的天皇自然沒有能賜姓給他的對象。

▶ **もっと知りたい**

テレビアニメ『平家物語』

本動畫以彈奏琵琶的少女為故事的敘述視角，描述平氏家族興亡，內容提及後白河法皇、高倉天皇、安德天皇，與代表天皇正統象徵的三神器。

腕試し

（　　）に入れるのに最も良いものを、1・2・3・4から一つ選びなさい。

1 佐藤さんは取引のリスクについて、わかりやすい例を（　　）丁寧に説明してくれた。

　　1　挙げないで　　　　2　離れて　　　　　3　挙げて　　　　　4　離れないで

2 飲食店の売り上げが（　　）のは、世界的な感染症の影響で外食する人が減ったからでしょう。

　　1　減少された　　　　2　減少した　　　　3　与えられた　　　4　与えた

3 明日は大事な卒論発表の日なので、学校を休む（　　）。

　　1　わけにはいかない　　　　　　　　　2　わけがない

　　3　わけではない　　　　　　　　　　　4　わけにはいけない

4 天気予報（　　）、5日は近畿から九州にかけて晴れるそうだ。

　　1　にわたる　　　　　2　によると　　　　3　によって　　　　4　にかわって

5 （　　）の4割が憲法改正に反対しているんだって。

　　1　財産　　　　　　　2　施設　　　　　　3　天皇　　　　　　4　国民

日付：　　/

9　成人の日

成人の日のお知らせ

令和 12(2030) 年　成人の日のつどい（成人式）

青空市では成人となる皆様を祝う記念行事を開催します。

概要

対象	平成 21(2009) 年 4 月 2 日から平成 22(2010) 年 4 月 1 日までに生まれ、青空市に住民登録がある方
開催日	令和 12(2030) 年 1 月 14 日月曜日
開催時間	午前の部　10 時 00 分〜 11 時 00 分 北区、中央区、西区、港北区、青葉区、 午後の部　14 時 00 分〜 15 時 00 分 東区、南区、緑区、港西区、桜井区
場所	青空市民大ホール
内容	受付 開会宣言 市長のお祝いの言葉 来賓のあいさつ 新成人の誓いの言葉 閉式
アクセス	青空市民大ホールの最寄り駅は山川線「青空公園駅」です。 電車やバスなどの公共交通機関をご利用ください。
ご注意	1. 対象者の方には 12 月 1 日までに入場券を郵便でお送りします。はがきの QR コードから事前登録をしてください。また、12 月 10 日までに届かない場合は、下記問い合わせ先にお電話でご連絡ください。 2. 午前、午後の変更をご希望の方は 12 月 20 日までに事前登録のときに希望の時間をお選びください。 3. 開催時間の 1 時間前に開場します。開催時間までに受け付けを済ませていない方は参加できません。
主催者	青空市 / 青空市教育委員会 / 青空市成人式実行委員会

お問い合わせ

青空市教育委員会成人式担当

電話：078-432-1597　メール：2030seijinshiki@city.aozora.jp

問題

1　石田さんは西区に住んでいて、午後の部に出席したいと思っている。どうすればいいか。

1　QR コードから事前登録をして、開催時間の 1 時間前に入場券を持って会場に行き、受け付けを済ませる。

2　QR コードから事前登録をするときに、午後を選んで当日開催時間までに受け付けを済ませる。

3　QR コードから事前登録をして、問い合わせ先に電話して午後の部に出席することを伝える。

4　QR コードから事前登録が終わったら、午後の部に出席することを問い合わせ先にメールして、当日開催時間までに受け付けを済ませる。

2　12 月 10 日までに案内状が届かない場合、どうすればいいか。

1　QR コードから事前登録をするときに、入場券が届いていないことを伝える。

2　問い合わせ先にメールをして、開場の 1 時間前までに会場に行って、届いていないことを伝える。

3　問い合わせ先に電話して、届いていないことを伝える。

4　当日、開催時間の 1 時間前に会場に行って、主催者に届いていないことを伝える。

単語

1. しらせ	【知らせ】	名 通知
2. つどい	【集い】	名 集會
3. せいじんしき	【成人式】	名 成年禮，成人禮
4. いわう	【祝う】	他Ⅰ 慶祝
5. ぎょうじ	【行事】	名 活動；儀式
6. かいさい	【開催】	名・他Ⅲ 舉辦，舉行
7. たいしょう	【対象】	名 對象
8. じゅうみん	【住民】	名 居民
9. とうろく	【登録】	名・他Ⅲ 登記
10. ホール	【hall】	名 會堂，會館；音樂廳
11. かいかい	【開会】	名・自Ⅲ 開幕，開會
12. ちかい	【誓い】	名 誓約，誓言
13. アクセス	【access】	名 交通（方式）
14. もより	【最寄り】	名 最近，附近
15. じぜん	【事前】	名 事前，事先
16. とどく	【届く】	自Ⅰ 收到；達到
17. かき	【下記】	名 下列
18. といあわせさき	【問い合わせ先】	名 洽詢單位
19. へんこう	【変更】	名・他Ⅲ 變更，變動
20. すます	【済ます】	他Ⅰ 完成（某事）；做完
21. しゅさい	【主催】	名・他Ⅲ 主辦
22. じっこう	【実行】	名・自Ⅲ 執行，實行
23. たんとう	【担当】	名・他Ⅲ 擔任，負責

文型

1. ～までに　在…之前（表示期限）

接　名詞

　　動詞辞書形 ＋までに

例　対象者の方には 12 月 1 日までに入場券を郵便でお送りします。

2. ～ばあい【～場合】　…的時候；…的狀況

接　名詞の

　　ナ形な

　　イ形普通形 ＋場合

　　動詞普通形

例　もし届かない場合は、下記問い合わせ先にお電話でご連絡ください。

豆知識

Q：日本成人禮的舉辦地點在哪裡？

A：成人禮主要於市民活動中心、禮堂、體育館等地點舉行，不過也有少數在比較特別的地方，例如：千葉縣浦安市的成人禮舉辦在知名的東京迪士尼度假區，同縣的鴨川市於鴨川海洋世界（水族館）舉行，成田市的成人禮則會辦在成田國際機場。

▶ もっと知りたい

テレビドラマ『ブラッシュアップライフ』

本劇講述女主角出了交通意外，為了積陰德下輩子繼續當人類，人生從零重新開始。第 2 集有成人禮的相關描述。

腕試し

（　　）に入れるのに最も良いものを、1・2・3・4から一つ選びなさい。

1 キャッシュカードをなくした（　　）、すぐに銀行の窓口にご連絡ください。

　　1　集い　　　　　　　2　担当　　　　　　　3　知らせ　　　　　4　場合

2 息子の誕生日を（　　）ために、家族で焼き肉を食べに行った。

　　1　祝う　　　　　　　2　祝った　　　　　　3　届く　　　　　　4　届いた

3 年末年始の受付時間の（　　）についてお知らせします。

　　1　開催　　　　　　　2　変更　　　　　　　3　主催　　　　　　4　開会

4 A「すみません。東京国立博物館の（　　）の駅はどこですか。」

　　B「JR上野駅、または鶯谷駅です。正門まで徒歩で約10分かかります。」

　　1　アクセス　　　　　2　登録　　　　　　　3　最寄り　　　　　4　対象

5 資料は午後3時（　　）提出しなければなりません。

　　1　までに　　　　　　2　ときに　　　　　　3　までも　　　　　4　ときを

第 4 章　環境與生態

日付：　　／

10 富士山ゴミ問題

　日本の象徴は何かと問われれば、多くの日本人は富士山と答えるだろう。富士山は古くから神の住む山として信仰され、江戸時代にはお参りのための登山が盛んに行われた。富士山に登るたびに、健康や幸福になれると信じられていたからだ。現在でも多くの人が富士山を訪れるが、2020年にはコロナウイルスの影響で登山者は激減している。

　静岡県が統計を取り始めた1989年から、毎年20万、多い時には40万を超える人が富士登山に来るが、一方で環境問題も深刻化していった。当時、登山客のゴミに対する意識は低く、荷物を少なくしようとポイ捨てが行われたり、トイレもそのまま流したりしていたからだ。90年代、そのような中、富士山を「世界自然遺産」にしようと活動が始まったが、これも一つの理由となり候補から外された。その後、関係機関や人々の努力のおかげで2013年に「世界文化遺産」に登録された。今ではボランティアによる清掃活動や富士山トイレ浄化プロジェクトが行われている。そのような状況の変化により登山者のモラルも高まり、ポイ捨てもほとんどなくなったそうだ。

　ここで一つ気づいたことがある。コロナウイルスは発熱や咳、味覚の消失などの症状を引き起こすが、それは私たち人間も地球にとってはウイルスと同じなのかもしれないということである。ウイルスが人体に悪い影響を与えるように人間は地球の環境を破壊してきた。ただ人間には知恵がある。人間が地球に住むからには、一人ひとりが自分のこととして自然と共存していく道を考えていかなければならない。

問題

1 江戸時代に登山が盛んに行われたのはなぜか。
1 登山は健康にいいから。
2 頂上から美しい景色を見ると幸せになるから。
3 病気にかからないよう、幸せな生活が送れるよう神に祈るため。
4 富士山は有名だから。

2 環境問題も深刻化していったとは、どんな意味か。
1 環境がどんどん悪くなること。
2 環境がどんどん良くなること。
3 環境についてみんなの関心がなくなること。
4 環境についてみんなが関心を持つようになること。

3 富士山が世界自然遺産の候補から外された理由の一つとなったことは何か。
1 コロナウイルスの影響で登山者がとても少なくなったから。
2 富士山に捨てられるゴミやトイレなどに問題があったから。
3 富士山が世界文化遺産に登録されたから。
4 当時、ボランティアによる清掃活動が行われていなかったから。

4 筆者が伝えたいことは何か。
1 以前、富士山の環境は悪かったが、今は「世界文化遺産」に登録され良くなったこと。
2 富士山の環境を良くしようと努力した人たちのおかげで「世界文化遺産」に登録されたこと。
3 登山者のモラルを高め、ポイ捨てをなくすことは山の環境を守るために大切なことだ。
4 富士山の環境を壊したのも良くしたのも人であり、地球の環境を良くするのもまた人であるということ。

単語

1. とう	【問う】	他I 問，詢問
2. おまいり	【お参り】	名 參拜
3. とざん	【登山】	名 登山
4. さかん（な）	【盛ん（な）】	な形 盛行，興盛
5. しんじる	【信じる】	他II 相信
6. おとずれる	【訪れる】	自II 造訪，訪問
7. こえる	【超える】	自II 超過
8. しんこくか	【深刻化】	名・自III 嚴重化
9. ポイすて	【ポイ捨て】	名 隨手亂扔
10. ながす	【流す】	他I 沖水
11. こうほ	【候補】	名 候選
12. はずす	【外す】	他I 剔除
13. きかん	【機関】	名 機構
14. ボランティア	【volunteer】	名 志工
15. じょうか	【浄化】	名 淨化
16. プロジェクト	【project】	名 計畫；專案
17. モラル	【moral】	名 道德觀；道德感
18. きづく	【気づく】	自I 察覺
19. はつねつ	【発熱】	名・自III 發燒
20. せき	【咳】	名 咳嗽
21. ちえ	【知恵】	名 智慧

文型

1. ～たび（に）　每當…

接　名詞の
　　動詞辞書形　｝＋たび（に）

　　例　富士山に登るたびに、健康や幸福になれると信じられていたからだ。

2. ～おかげで　多虧…

接　名詞の
　　ナ形な／だった
　　イ形普通形　｝＋おかげで
　　動詞普通形

　　例　富士山は人々の努力のおかげで「世界文化遺産」に登録された。

3. ～からには　既然…

接　名詞である
　　ナ形である
　　イ形普通形　｝＋からには
　　動詞普通形

　　例　人間が地球に住むからには、自然と共存していく道を考えていかなければならない。

 豆知識

Q：你知道富士山每年只有什麼時候開放登山嗎？

A：每年 7 月上旬至 9 月上旬為富士山的登山季，此期間開放一般民眾登山，其他時間基於積雪等安全考量不開放。非登山季時，山上的廁所和山屋均沒有營業，登山道也會關閉，所以若計畫爬富士山，請安排於登山季內前往。

▶ **もっと知りたい**

テレビドラマ『山女日記』

本劇描述女主角從上班族轉換跑道成為登山嚮導，在面對登山客各種煩惱的同時，也領悟出對人生的新希望。

腕試し

（　）に入れるのに最も良いものを、1・2・3・4から一つ選びなさい。

1 京都の伏見は酒造りが（　）ところとして知られている。

1 盛んで 　　　　2 盛んの 　　　　3 盛んに 　　　　4 盛んな

2 奨学金（　）大学を卒業することができました。

1 おかげで 　　　　2 のおかげで 　　　　3 のからには 　　　　4 たびに

3 彼は同じミスを繰り返したので、この（　）から外された。

1 プロジェクト 　　　2 モラル 　　　　3 ボランティア 　　　4 ウイルス

4 年間 500 万人を（　）観光客が訪れる函館市は、来年度から新しい観光キャンペーンを展開します。

1 超える 　　　　2 気づく 　　　　3 信じる 　　　　4 流す

5 おばあさんの写真を見る（　）、いつも子供時代のことを思い出す。

1 として 　　　　2 からには 　　　　3 たびに 　　　　4 たり

日付：　　／

11　核エネルギー

　電気は私たちの生活に①欠かせませんが、それを作る原料にウランやプルトニウムなどの核燃料があります。これらは核分裂する際に膨大な熱エネルギーを生み出します。原子力発電所は、そのエネルギーを利用し、電気を作ります。そのため、原子力のことを核エネルギーとも言います。

　原子力が日本で使われるようになったのは1960年代からです。世界では1970年代のオイルショックをきっかけに石油に頼りすぎることのリスクを考え始め、それと同時に日本でも電力需要が高まり、②原子力が注目されるようになりました。しかし、現在では原子力の利用を止めようとする国と増やそうとする国があります。

　原子力のメリットと言えば、少量の原料で大きな電力を作れることです。それに、ウランは安定的に供給できるし、リサイクルも可能です。更に石炭や石油と違って二酸化炭素を出さないので、温暖化防止の観点でも優れています。他にも発電や運用にかかる費用が比較的安いということもあります。

　では、なぜ世界にはその利用を止めようとする国があるのでしょうか。それにはいくつかの大きな問題があるからなのです。例えば、事故が起こった時、被害が非常に大きいこと、使い終わった燃料の処理の問題、それから津波やテロなど、安全対策のコストと危険性などがあるからです。つまり、③原子力とは、「諸刃の剣」なのです。使い方を間違えれば自分を傷つけてしまいます。日本は今後原子力の利用を増やす予定です。ただ、これは自分だけではなく、周りも傷つけてしまう恐れがある危険な道具だということを忘れてはいけません。

問題

1　①欠かせませんと同じ意味の言葉を選びなさい。

1　必要です

2　必要ありません

3　足りません

4　十分あります

2　日本で原子力発電が行われるなったのはいつか。

1　1940 年代

2　1950 年代

3　1960 年代

4　1970 年代

3　②原子力が注目されるようになりましたとあるが、それはなぜか。間違っているものを
選べ。

1　ウランは核分裂しても二酸化炭素を出さないから。

2　ウランは比較的安全だから。

3　ウランは安定して手に入れることができるから。

4　ウランは発電や運用にかかるコストが比較的安いから。

4　③原子力とは、「諸刃の剣」とあるが、ここではどんな意味か。

1　原子力は、少しの原料で大きなエネルギーを生み出せるし、リサイクルもできる。

2　原子力は、使い終わった原料の処理だけではなく、安全性にも問題がある。

3　原子力の利用を止めようとする国と増やそうとする国がある。

4　原子力はメリットが大きい分、デメリットも大きい。

単語

1. かくエネルギー	【核 energie】	名 核能
2. ウラン	【uran】	名 鈾
3. プルトニウム	【plutonium】	名 鈈
4. ぼうだい（な）	【膨大（な）】	な形 龐大的
5. ねつエネルギー	【熱 energie】	名 熱能
6. うみだす	【生み出す】	他Ⅰ 產生，創造出
7. げんしりょく	【原子力】	名 核能，原子能
8. オイルショック	【和 oil ＋ shock】	名 石油危機
9. たよる	【頼る】	自Ⅰ 依賴，依靠
10. リスク	【risk】	名 風險
11. じゅよう	【需要】	名 需求
12. たかまる	【高まる】	自Ⅰ 高漲，增長
13. ちゅうもく	【注目】	名・自Ⅲ 注目，矚目
14. ふやす	【増やす】	他Ⅰ 增加
15. メリット	【merit】	名 優點，好處
16. あんていてき（な）	【安定的（な）】	な形 穩定的，安定的
17. きょうきゅう	【供給】	名・他Ⅲ 供給，供應
18. かんてん	【観点】	名 觀點
19. すぐれる	【優れる】	自Ⅱ 出色，優秀
20. うんよう	【運用】	名・他Ⅲ 運用，活用
21. ひかくてき	【比較的】	副 比較
22. ひがい	【被害】	名 受災，受害
23. しょり	【処理】	名・他Ⅲ 處理
24. テロ・テロリズム	【terrorism】	名 恐怖攻擊，恐怖活動
25. コスト	【cost】	名 成本
26. もろはのつるぎ	【諸刃の剣】	名 雙面刃

文型

1. ～をきっかけに（して）　以…為契機；以…為開端

接　名詞
　　動詞普通形＋の／こと　｝＋をきっかけに（して）

例　オイルショックをきっかけに石油に頼りすぎることのリスクを考え始めた。

2. ～（よ）うとする　想要做…；準備要做…

接　動詞意向形＋とする

例　原子力の利用を止めようとする国と増やそうとする国があります。

3. ～おそれがある【～恐れがある】　有可能…；恐怕…

接　名詞の
　　動詞辞書形／ない形　｝＋おそれがある

例　原子力は自分と周りも傷つけてしまう恐れがある危険な道具だ。

豆知識

Q：誰是日本的「核能之父」呢？

A：日本讀賣新聞社的社長（董事長）正力松太郎身兼日本的核能委員會首任會長，也是日本過去曾存在的行政部機關——科學技術廳的首位長官，對日本引進核能發揮極大的影響力而被稱為「核能之父」。此外，日本職業棒球的讀賣巨人隊也是在他的主導下所成立，所以正力松太郎亦被稱為「職業棒球之父」。

▶ もっと知りたい

映画『サバイバルファミリー』

本劇為描述日本在一場全國大停電後沒水沒電、沒有大眾運輸等情況下，習慣在都市生活的人如何生存的一部災難喜劇片。

腕試し

（　　）に入れるのに最も良いものを、1・2・3・4から一つ選びなさい。

1 健康になるために、これから毎日（　　）とする。

  1　運動される   2　運動しよう   3　運動した   4　運動していた

2 地震による原子力発電所事故をきっかけに、核エネルギーの問題が（　　）ようになった。

  1　頼られる   2　リサイクルされる

  3　利用される   4　注目される

3 科学技術の発達は良いことですが、様々な地球環境問題を（　　）恐れもあります。

  1　生み出す   2　生み出さない   3　増やさない   4　増やして

4 経済学では、人々がものを買いたいと考える全体の量を「（　　）量」と言います。

  1　リスク   2　供給   3　コスト   4　需要

5 不景気である今、消費税を上げることに対して反対の声が（　　）います。

  1　処理して   2　高まって   3　優れて   4　頼って

日付：　　／

12　環境市民講座

今年はエコな夏にしてみせる！―楽しく学ぶ環境市民講座―

　　地球環境を守ることは、私たちの生活を守ること。そのためには、まず、自分ができることから始めましょう。

　　この夏の市民講座は、省エネやゴミの分別の方法、資源ゴミの利用法です。講師の先生とともに、環境のために自分に何ができるのか楽しく学んでみませんか。

●もっと知りたい！

環境市民講座
①「家庭でできる夏の省エネ講座」 日程：8/1(土)10:00 ～ 12:00　8/8(土)14:00 ～ 16:00 内容：電気代がかかる夏。ちょっとした工夫で節約できるとしたら、うれしいですよね。家庭でできる節約の方法を楽しく勉強します！ 講師：マツヤマ電気　山田博店長
②「資源ゴミを知って遊ぼう！親子講座」 日程：8/2(日)10:00 ～ 12:00　8/9(日)14:00 ～ 16:00 内容：資源ゴミにはどんなものがあるか勉強しましょう。それから、ペットボトルで遊び道具を作って、実際に遊んでみましょう。 講師：あそび塾講師　佐藤さくら先生
③「ゴミの分別と省エネのアイディア」 日程：8/15(土)10:00 ～ 12:00　8/16(日)14:00 ～ 16:00 内容：平山市のゴミの分別を、わかりやすい表を使ってご紹介します。表のとおりにすれば、分別もとっても簡単！それから、電気代と水道代を節約できる方法もご紹介します。 講師：人気の節約主婦　中田愛子先生

●お申し込み方法

平山市のホームページから参加したい講座を選んで、講座を行う日の 2 週間前までにお申し込みください。

●注意事項

1. 「家庭でできる夏の省エネ講座」は平山市民と、平山市で勉強している方や働いている方も参加できます。

2.「資源ゴミを知って遊ぼう！親子講座」は平山市民の小学生とそのご家族が対象です。親子でご参加ください。

3.「ゴミの分別と省エネのアイディア」は 15 歳以上の平山市民が対象です。

お問い合わせ

平山市環境課

電話：0133-766-9152

ホームページ：ecosummer@city.hirayama.lg.jp

 問題

1　きょうは 7 月 21 日火曜日である。平山市民ではないが、平山市の会社に勤めている加藤さんは、環境市民講座で省エネについて学びたいと思っている。今から、参加できる講座はどれか。

1　8 月 1 日と 8 日の「家庭でできる夏の省エネ講座」

2　8 月 8 日の「家庭でできる夏の省エネ講座」

3　8 月 8 日の「家庭でできる夏の省エネ講座」と 8 月 15 日、16 日の「ゴミの分別と省エネのアイディア」

4　8 月 15 日、16 日の「ゴミの分別と省エネのアイディア」

2　「資源ゴミを知って遊ぼう！親子講座」に参加できるのは次のうち誰か。

1　平山市の小学校で教えているご夫婦

2　平山市の小学校に通っている兄弟

3　平山市に住んでいる 16 歳の子どもとそのお父さん

4　平山市に住んでいる 10 歳の子どもとそのお母さん

単語

1. かんきょう	【環境】	名 環境
2. こうざ	【講座】	名 講座
3. エコ	【eco】	名・な形 環保
4. まなぶ	【学ぶ】	他Ⅰ 學，學習
5. ちきゅう	【地球】	名 地球
6. しょうエネ	【省エネ】	名 節能，節約能源（「省エネルギー」的簡稱）
7. ぶんべつ	【分別】	名・他Ⅲ 分類；區別
8. ほうほう	【方法】	名 方法，方式
9. しげんゴミ	【資源ゴミ】	名 資源垃圾，資源回收物
10. こうし	【講師】	名 演講者；講師
11. にってい	【日程】	名 日程
12. ちょっとした		連体 一點點的；輕微的
13. せつやく	【節約】	名・他Ⅲ 節約，節省
14. おやこ	【親子】	名 親子，全家
15. ペットボトル	【PET bottle】	名 寶特瓶
16. じっさい	【実際】	名・副 實際；確實
17. アイディア・アイデア	【idea】	名 觀念；主意，點子
18. しゅふ	【主婦】	名 主婦，家庭主婦
19. ホームページ	【homepage】	名 網站首頁；網頁
20. もうしこむ	【申し込む】	他Ⅰ 報名，申請；預約

文型

1. ～てみせる　做給…看；示範…

　　接　動詞て形＋みせる

　　例　今年はエコな夏にしてみせる！

2. ～としたら　如果…的話

　　接　名詞普通形
　　　　ナ形普通形
　　　　イ形普通形　}　＋としたら
　　　　動詞普通形

　　例　ちょっとした工夫で電気代を節約できるとしたら、うれしいですよね。

 豆知識

Q：日本的垃圾是如何分類呢？

A：在日本，垃圾主要分成 4 大類，分別為：可燃垃圾、不可燃垃圾、資源回收、大型垃圾。可燃垃圾包含紙屑和廚餘，不可燃垃圾則包含玻璃、陶瓷和小型金屬。此外，由於各地區的垃圾詳細分類方式皆有所不同，每星期可丟的垃圾也不一樣，對許多外國人來說是比較麻煩且困擾的部分。

▶ **もっと知りたい**

テレビドラマ『木のストロー』

本劇改編自全球第一個「木吸管」研發的真人真事，該產品不僅在 G20 日本大阪高峰會上被使用，也獲得許多獎項，提醒人們重視環保及永續發展。

腕試し

（　）に入れるのに最も良いものを、1・2・3・4から一つ選びなさい。

1 宝くじで1億円当たった（　）、東京都心の高級マンションを買いたい。

1　とおりに　　　　2　としても　　　　3　としたら　　　　4　ともに

2 先生は音楽の授業で、歌いながらピアノを（　）くれた。

1　弾いてあげて　　　　　　　　2　弾いてほしくて

3　弾いてからでなければ　　　　4　弾いてみせて

3 6月の日本留学試験を（　）。これから勉強頑張ります。

1　学びました　　　　　　　　2　節約しました

3　申し込みました　　　　　　4　分別しました

4 退職するとき、お世話になった会社の先輩に（　）お礼を渡そうと思っています。

1　エコな　　　　　　　　　　2　ちょっとした

3　省エネ　　　　　　　　　　4　簡単じゃない

5 新聞紙やペットボトルやガラス瓶などが（　）に分類される。

1　資源ゴミ　　　　2　省エネ　　　　3　ホームページ　　　4　アイディア

第 5 章　人文與社會

日付：　　/

13　あいづち

　昨日、自宅でパソコンに向かって仕事をしているところに、妻から電話がかかってきた。買い物先からだったが、ＡとＢの商品のどちらがいいか私に意見を聞きたいと言うのである。しばらくすると、突然妻が「あなた、聞いてるの？」とちょっと強い口調になったので、私はすぐに「聞いてるよ」と返した。しかし、話の内容を覚えていなかったので、更に妻を怒らせてしまった。なぜ妻は私が聞いていないとわかったのか。そう、ちゃんとあいづちを打たずに電話していたのだ。

　あいづちは、漢字で「相槌」と書く。昔、鍛冶屋では、師匠と弟子が向かい合い交互に槌で打って刀などを作った。この弟子の槌のことを「相槌」と言い、そこから会話で相手の話に合わせるように短い言葉を入れたり、首を縦に振ることを「相槌を打つ」と言うようになった。

　あいづちには、次の４つの機能がある。相手の話を「聞いている」、「理解した」、「同意する」、そして「感情の表れ」である。あいづちの打ち方としては、「はい・ああ・うん・そうですか・へえ・なるほど」のような言葉を入れたり、相手の言葉の一部を繰り返して言ったりする。そうすることで相手に安心感を与えることができるのである。そして、更に「すごいね・よかったね・素晴らしい」などの感情を加えることで、話が弾む*1のはもちろん、相手はこの人ともっと話したいと思うようになる。

　このようにあいづちをうまく打ち、相手に気持ちよく話してもらうことはビジネス会話の基本であり、マナーである。また、それだけではなく、夫がうまくあいづちを打つことも夫婦円満の秘訣なのかもしれない。

(*1) 話が弾む：話が盛り上がる。

問題

1 　妻はなぜ強い口調になったのか。

　1　夫が自分と一緒に買い物に行ってくれなかったから。

　2　ＡとＢの商品のどちらがいいかわからなかったから。

　3　夫が自分の話を聞いていないと思ったから。

　4　自分の意見と夫の意見が合わなかったから。

2 　「槌」とは何か。

　1　物をたたく工具。

　2　ねじを締めたり外したりする工具。

　3　紙や布などを切るもの。

　4　金属を切ったり曲げたりする工具。

3 　あいづちの機能で間違っているものはどれか。

　1　相手の話を聞き、それについて自分の考えや意見などを相手が納得するように述べる。

　2　相手の話を聞き、それについて自分の気持ちを表現する。

　3　相手の話に同意、共感したことを伝える。

　4　相手の話が理解できたことを伝える。

4 　ビジネス会話でも夫婦の会話でも、筆者は何が重要だと思っているか。

　1　相手を怒らせないようにすること。

　2　相手を不安にさせないこと。

　3　自分が気持ちよく話せるようにすること。

　4　相手が気持ちよく話せるようにすること。

単語

1. あいづち	【相槌】	名 附和
2. じたく	【自宅】	名 自己的家
3. くちょう	【口調】	名 語氣，口吻
4. ちゃんと		副・自Ⅲ 確實，好好地；有規矩
5. かじや	【鍛冶屋】	名 打鐵舖
6. ししょう	【師匠】	名 師傅
7. こうごに	【交互に】	副 輪流，交替
8. つち	【槌】	名 槌子
9. あいて	【相手】	名 對方，對象
10. あわせる	【合わせる】	他Ⅱ 配合；混合；合併
11. くびをたてにふる	【首を縦に振る】	慣 點頭，表示同意
12. きのう	【機能】	名 功能，作用
13. あらわれ	【表れ】	名 表現，表露
14. いちぶ	【一部】	名 一部分
15. あんしんかん	【安心感】	名 安心感
16. すばらしい	【素晴らしい】	い形 很棒的，優秀的
17. くわえる	【加える】	他Ⅱ 添加，增加
18. はなしがはずむ	【話が弾む】	慣 談話熱絡
19. ビジネス	【business】	名 商業，商務
20. えんまん（な）	【円満（な）】	名・な形 圓滿，和睦
21. ひけつ	【秘訣】	名 秘訣

文型

1. ～ところに　…的時候

　　接　動詞ている形／動詞た形＋ところに

　　例　仕事をしているところに、妻から電話がかかってきた。

2. ～ず（に）　沒有做…；不做…

　　接　動詞ない＋ず（に）

　　例　ちゃんとあいづちを打たずに電話していたのだ。

3. ～はもちろん　不用說…；當然…

　　接　名詞＋はもちろん

　　例　話が盛り上がるのはもちろん、相手はこの人ともっと話したいと思うようになる。

 **腕試し**

　　（　　）に入れるのに最も良いものを、1・2・3・4から一つ選びなさい。

1　昨日は忙しくて、夕食も（　　）23 時まで残業していました。

　　1　食べよう　　　　　2　食べない　　　　　3　食べずに　　　　　4　食べろ

2　この料理の隠し味としてチョコレートを（　　）のがポイントです。

　　1　加える　　　　　2　加えられる　　　　3　与える　　　　　4　与えられる

3　渡辺さんはいつも丁寧な（　　）で人と話しますけど、少し距離感を感じますね。

　　1　マナー　　　　　2　円満　　　　　　　3　あいつち　　　　4　口調

4　この大学の校舎は世界的にも有名な建物であるケルン大聖堂の（　　）をまねして作られたものだ。

　　1　基本　　　　　　2　一部　　　　　　　3　表れ　　　　　　4　自宅

5　ちょうど晩ご飯を（　　）ところに、息子が帰ってきた。

　　1　作る　　　　　　2　作った　　　　　　3　作って　　　　　4　作ろう

日付：　　/

五月病

　　日本の新年度は、4月から始まる。新入生、新社会人の中には慣れない環境で緊張した状態が続き、ストレスを溜めてしまう人もいる。5月の連休が終わり、また学校や会社が始まると、そういった人の中には、体がだるいとか、やる気が出ないとか、他にも頭痛や不眠などの症状が現れることがある。これを「五月病」と言う。医学的には「適応障害」の一つで、環境の変化に適応できないことで起こる。

　　五月病になると、学生では学力が低下したり、不登校になったりするケースもある。社会人の場合だと、仕事効率の低下、職場の人間関係の悪化、その上無断で休んだり、会社の業績に悪い影響が出ることさえある。これは放っておくとうつ病になってしまうので決して甘く見てはいけない。五月病というと不真面目だったり、意志が弱い人がなるのかと思う人もいるが、実は全く逆で、真面目できちんとしている人、責任感が強い人ほどなりやすい。

　　五月病はストレスの原因がなくなると良くなるので、ストレスが学校や職場である場合、それらの場所以外のところでは比較的元気になる。そのため、周りの人から見ると「休みの時は元気なくせに…」と思われてしまうのである。本人も周りの期待に応えようと頑張ったり、甘えてはいけないと思い込もうとし、更に症状を悪化させてしまうこともある。

　　もし五月病になってしまったら、まずストレスの原因を探り、自分に入ってくるストレスを減らすようにすることだ。そして、趣味を楽しんだり、信頼できる人に相談するなど、そのストレスを発散させることがとても重要になる。

問題

1 「五月病」の原因は何か。

1 ５月の連休が終わり、学校や仕事が始まること。

2 体がだるかったり、疲れやすくても放っておくこと。

3 頭痛や不眠でも病院に行かないこと。

4 環境の変化に慣れなかったり、合わせることができなかったりすること。

2 五月病になると、どうなるか、正しくないものを選べ。

1 不真面目で、意志が弱くなる。

2 学力が低下したり、不登校になったりする。

3 仕事の効率や職場の人間関係が悪くなる。

4 無断で休んだり、会社の業績に悪い影響が出ることもある。

3 「甘く見てはいけない」とは、どんな意味か。

1 魅力的な話ではない。

2 大した問題ではないと思ってはいけない。

3 大変な問題だと思ってはいけない。

4 悲観的に考えてはいけない。

4 五月病になってしまったと思ったら、どのように対処すればいいか、正しくないものを
選べ。

1 ストレスの原因を特定し、そのストレスが小さくなるよう工夫する。

2 自分の好きなことや楽しいと思うことをする。

3 仕事や勉強にできるだけ集中するように心がける。

4 信頼できる人に相談に乗ってもらう。

単語

1. しんにゅうせい	【新入生】	名 （學校）新生
2. ストレス	【stress】	名 壓力
3. ためる	【溜める】	他Ⅱ 累積；儲存
4. だるい	【怠い】	い形 疲倦，慵懶
5. ふみん	【不眠】	名 失眠
6. しょうじょう	【症状】	名 症狀
7. あらわれる	【現れる】	自Ⅱ 出現
8. てきおうしょうがい	【適応障害】	名 適應障礙症
9. がくりょく	【学力】	名 學習力
10. ていか	【低下】	名・自Ⅲ 下降，低落
11. ふとうこう	【不登校】	名 不去上學，拒絕上學
12. ケース	【case】	名 案例，例子
13. こうりつ	【効率】	名 效率
14. あっか	【悪化】	名・自Ⅲ 惡化
15. むだん	【無断】	名 擅自
16. ぎょうせき	【業績】	名 業績
17. ほうる	【放る】	自Ⅰ 置之不理；放下
18. うつびょう	【うつ病】	名 憂鬱症
19. ふまじめ（な）	【不真面目（な）】	名・な形 不認真
20. いし	【意志】	名 意志
21. まったく	【全く】	副 完全
22. こたえる	【応える】	自Ⅱ 回應
23. おもいこむ	【思い込む】	自Ⅰ 認為，深信
24. さぐる	【探る】	他Ⅰ 探索；尋找
25. へらす	【減らす】	他Ⅰ 減少
26. はっさん	【発散】	名・他Ⅲ 發洩，釋放

文型

1. ～とか～とか　…或…

接
名詞		名詞	
ナ形普通形	+とか+	ナ形普通形	+とか
イ形普通形		イ形普通形	
動詞普通形		動詞普通形	

例　体がだるいとかやる気が出ないとかの症状が現れることがある。

2. ～くせに　明明…卻

接
名詞の	
ナ形な	+くせに
イ形普通形	
動詞普通形	

例　休みの時は元気なくせに、仕事の時は元気ではない。

 豆知識

Q：為何日本 4 月底至 5 月初的連續假期被稱為「黃金週」呢？

A：「黃金週」原本是日本電影公司為吸引觀眾所使用的廣告詞，來自和製英語 Golden Week，之後廣為流傳，各行各業也以「黃金週」、「GW」來稱呼這段連假。不過，NHK 和部分電視臺則以「大型連休」來稱呼。相較於新年和盂蘭盆節連續假期，黃金週不需返鄉，因此也是日本人熱門的出遊時期。

▶ もっと知りたい

ウェブアニメ『アニメで分かる心療内科』

此動畫以輕鬆搞笑的方式，介紹什麼是「身心科」、憂鬱症、適應障礙症（五月病的醫學診斷）等身心醫學。

腕試し

（　　）に入れるのに最も良いものを、1・2・3・4から一つ選びなさい。

1 彼はいつも（　　）くせに、社長の親戚であるだけで課長になれるなんて不公平だ。

   1　真面目だ　　　　2　真面目な　　　　3　不真面目だ　　　4　不真面目な

2 痛みを我慢しすぎると、症状を（　　）かもしれませんから、痛い時は病院に行ってください ね。

   1　低下する　　　　2　低下させる　　　3　悪化する　　　　4　悪化させる

3 夫婦がお互いに不満を（　　）、ある日突然大喧嘩して離婚になるケースも少なくない。

   1　溜めて　　　　　2　溜めさせて　　　3　発散して　　　　4　発散させて

4 どんな状況であっても、助けを求めている人がいれば、消防士として私はそれに（　　）と思っている。

   1　現れたい　　　　2　応えたい　　　　3　思い込みたい　　4　慣れたい

5 午後は羊羹（　　）いちご大福（　　）を食べました。

   1　くせ／くせ　　　2　まで／まで　　　3　とか／とか　　　4　ほど／ほど

日付：　　/

 15　愛の血液助け合い運動

７月は「愛の血液助け合い運動」月間！

毎年、７月は「愛の血液助け合い運動」月間です。血液を必要な人に届けるために、献血のご協力が不可欠です。ぜひ、皆様のご理解とご協力をお願いいたします。

献血される方へのお願い

■献血の流れ

　受付 ⇒ 問診 ⇒ 血液型検査 ⇒ 採血 ⇒ 休憩

　献血にかかる時間：約40分

■献血をご遠慮いただく場合

1. 体調がよくない方

2. 予防接種を受けた方（インフルエンザの予防接種を受けた方は24時間の献血をご遠慮いただいています。）

3. 帰国日から4週間以内の方

4. 妊娠中の方

　その他にもご遠慮いただく場合がございます。係員の指示に従ってください。

■注意事項

1. 初めての方は、ご本人と確認できる写真つきの証明書を持ってきてください。

2. 献血前と後には、飲み物を必ず飲んでください。

3. 献血後は10分以上休憩してください。

献血バスのスケジュール

曜日	場所	受付時間	プレゼント
月	天満宮	13：30 〜 15：30	クッキー　1袋
火	赤坂駅西口	10：00 〜 16：30	ジュース　1本
水	森岡市役所前	10：00 〜 15：30	卵　　1パック
木	天満宮	10：00 〜 17：00	クッキー　1箱

金	森岡市役所前	10：00 ～ 16：30	紅茶	1 本
土	赤坂駅西口と東口	10：00 ～ 16：30	タオル	1 枚
日	赤坂駅西口と東口	11：00 ～ 17：00	洗剤	1 本

お問い合わせ

日本赤十字血液センター医務課　　電話：03-5478-1234

 問題

1 高島さんは来週、献血に行くつもりである。月曜日から金曜日まで毎日午後 4 時まで大学の授業がある。来週は週末、都合が悪いので、授業が終わってから、行くつもりである。大学から天満宮と森岡市役所前までは、30 分で行けるが、赤坂駅までは 1 時間半かかる。高島さんが献血に行けるのは何曜日か。

1　月曜日と金曜日

2　水曜日と木曜日

3　木曜日と金曜日

4　火曜日と木曜日と日曜日

2 献血バスで献血ができないのは、次のうち、どの人か。

1　運転免許証を持って初めて献血に行った女性

2　8 月に赤ちゃんを産む予定の女性

3　5 月に台湾から帰国した男性

4　おととい、インフルエンザの予防接種を受けた男性

単語

1. けつえき	【血液】	名 血，血液
2. たすけあい	【助け合い】	名 互相幫助，互助
3. げっかん	【月間】	名 …月；一個月
4. けんけつ	【献血】	名・自Ⅲ 捐血
5. きょうりょく	【協力】	名・他Ⅲ 配合；合作；協助
6. ふかけつ（な）	【不可欠（な）】	な形 不可或缺的
7. ながれ	【流れ】	名 流程；人流，車流
8. うけつけ	【受付】	名 受理；接待
9. もんしん	【問診】	名・自Ⅲ 問診
10. けつえきがた	【血液型】	名 血型
11. さいけつ	【採血】	名・自Ⅲ 抽血
12. きゅうけい	【休憩】	名・自Ⅲ 休息
13. たいちょう	【体調】	名 身體狀況
14. よぼうせっしゅ	【予防接種】	名 接種，打預防針
15. インフルエンザ	【influenza】	名 流感，流行性感冒
16. きこく	【帰国】	名・自Ⅲ 回國
17. にんしん	【妊娠】	名・自Ⅲ 懷孕
18. かかりいん	【係員】	名 工作人員
19. したがう	【従う】	自Ⅰ 遵從，按照；跟隨
20. しょうめいしょ	【証明書】	名 證件，證明，證書
21. せんざい	【洗剤】	名 洗衣精；清潔劑

文型

1. 〜ために　為了…

> 接　名詞の
> 動詞辞書形 ⎫ ＋ために
>
> 例　血液を必要な人に届けるために、献血のご協力が不可欠です。

2. ご〜いただく／お〜いただく　謙譲表現

> 接　お＋動詞ます＋いただく
> 　　ご＋名詞する＋いただく
>
> 例　妊娠中の方には献血をご遠慮いただいております。

豆知識

Q：在日本，捐血送的紀念品、贈品有哪些呢？

A：日本的捐血紀念品五花八門，包含巧克力、濾掛式咖啡、環保隨行杯、帆布袋、行動電源等。此外，為了鼓勵年輕人捐血，也會請偶像、演員、職業運動選手擔任形象大使，或是與知名動畫作品合作，贈送資料夾等相關紀念品。

▶ もっと知りたい

テレビアニメ『はたらく細胞』

本動畫將人體內各式各樣的細胞（例如：紅血球、白血球、血小板等）擬人化，描述他們的日常生活及工作內容。

腕試し

（　　）に入れるのに最も良いものを、1・2・3・4 から一つ選びなさい。

1 大勢の観客は係員の指示に（　　）、2 列に並んで入場している。

　　1　届けて　　　　　　2　受けて　　　　　　3　従って　　　　　　4　遠慮して

2 感染防止対策にご（　　）いただきますようお願いいたします。

　　1　休憩　　　　　　2　帰国　　　　　　3　検査　　　　　　4　協力

3 本人かどうかを確認するために、身分（　　）のご提示をお願いいたします。

　　1　証明書　　　　　　2　検査　　　　　　3　体調　　　　　　4　流れ

4 医者によると、毎年 12 月頃から（　　）が流行し始めるそうだ。

　　1　予防接種　　　　　　　　　2　インフルエンザ

　　3　血液型検査　　　　　　　　4　献血センター

5 いつも東海電車を（　　）誠にありがとうございます。

　　1　ご利用いたし　　　　　　　2　お利用いたし

　　3　ご利用いただき　　　　　　4　お利用いただき

第6章　職場與制度

16. 報連相
17. 終身雇用制
18. 社内アイディアコンテスト

日付：　　/

16

報連相

　「ホウレンソウ」と聞くと、野菜のほうれん草をイメージしてしまいますが、これは仕事についての話です。「報連相」とは、業務における「報告」・「連絡」・「相談」のことです。「報告」とは、仕事の結果や経過を上司に伝えること。「連絡」とは、伝えなければいけない事柄を関係者に伝えること。「相談」とは、迷った時に上司や先輩にアドバイスをもらうことです。

　報連相という言葉は、本来「若い人から率直な意見を吸い上げ、風通しの良い職場環境を作ろう」という目的で40年前に提案されました。しかし、最近では業務を円滑に進め、業績を上げるために報連相が必要だという考えに変わりました。

　報連相は、血液の循環に似ています。人間は血管が詰まって血液が流れなくなったとたん、その部分が機能しなくなってしまいます。つまり、報連相ができていないと、問題が発生しても当事者以外はその事実を知らず、後々重大なトラブルに発展してしまう可能性があるのです。そうならないためにも報連相は重要です。しかし、報連相をしすぎると、部下は指示を待つだけで自分で考えることをしなくなる、上司に怒られないように自分にとって都合のいいことだけ報告さえすればという考えになってしまうなど問題点もあります。

　その問題を改善するため、最近では「確連報」という考えを取り入れる会社も増えています。報連相との違いは、まず自分で考え実行し、その上で上司に「確認」をするということです。ただ、報連相でも、確連報でも、重要なのは良好な人間関係と活発なコミュニケーションではないでしょうか。そういう意味では40年前の理念をもう一度考えてみる必要がありそうです。

問題

1 「報連相」について違うものを選べ。

1 「報告」・「連絡」・「相談」のこと。

2 「報告」とは、仕事の状況を上司に伝えること。

3 「連絡」とは、伝えるべきことを関係者に伝えること。

4 「相談」とは、迷った時に部下や後輩に助言をもらうこと。

2 風通しの良い職場環境とは、どんな環境か。

1 人間関係が良好で、上下関係があっても仕事に関して何でも話し合える環境。

2 窓がたくさんあり、換気ができる環境。

3 業務が円滑に進み、業績が上がる環境。

4 上司が適切な指示を出し、部下がそれを実行できる環境。

3 報連相は、血液の循環の何が似ているのか。

1 仕事の結果や経過を上司に伝えないと、後で怒られるところ。

2 情報が関係者に伝わらないと、後で大きなトラブルになる可能性があるところ。

3 伝えるべき情報を伝えないと、後で上司が関係者に伝えなければならないところ。

4 アドバイスをもらうと、自分で考えることをしなくなるところ。

4 この文章のまとめとてして最も適当なものはどれか。

1 良好な人間関係と活発なコミュニケーションは、業務を円滑に行う上で欠かせないものである。

2 報連相は業績を上げるために最も重要なことである。

3 若い社員は自分で考え実行し、その上で上司に確認するという習慣を身に付けなければならない。

4 若い人から率直な意見を聞くことは、職場環境を良くするために大切である。

単語

1. ほうれんそう	【ほうれん草】	名	菠菜
2. イメージ	【image】	名・自Ⅲ	聯想；形象
3. ほうこく	【報告】	名・他Ⅲ	報告
4. そうだん	【相談】	名・自Ⅲ	商談，商量
5. けいか	【経過】	名	過程，經過
6. ことがら	【事柄】	名	事情，事態
7. まよう	【迷う】	自Ⅰ	困惑，茫然，猶豫
8. アドバイス	【advice】	名・自Ⅲ	建議
9. そっちょく（な）	【率直（な）】	名・な形	直率，直爽
10. すいあげる	【吸い上げる】	他Ⅱ	聽取
11. かぜとおし	【風通し】	名	通風
12. ていあん	【提案】	名・他Ⅲ	提案；提議
13. えんかつ（な）	【円滑（な）】	名・な形	順利，圓滿
14. つまる	【詰まる】	自Ⅰ	堵塞；塞滿
15. ながれる	【流れる】	自Ⅱ	流通，流動
16. のちのち	【後々】	副	將來
17. じゅうだい（な）	【重大（な）】	名・な形	嚴重；重大
18. トラブル	【trouble】	名	麻煩；糾紛
19. つごう	【都合】	名	方便；合適
20. とりいれる	【取り入れる】	他Ⅱ	採納，引進
21. かっぱつ（な）	【活発（な）】	名・な形	活躍；活潑

文型

1.～における　在…

　　接　名詞＋における＋名詞

　　例　「報連相」とは、業務における「報告」・「連絡」・「相談」のことです。

2.～とたん（に）　…的瞬間

　　接　動詞た形＋とたん（に）

　　例　人間は血管が詰まって血液が流れなくなったとたん、その部分が機能しなくなってしまいます。

3.～さえ～ば　只要…就…

　　接　名詞＋さえ＋名詞なら（ば）／ナ形容詞なら（ば）

　　　　名詞＋さえ＋イ形ければ／動詞ば

　　　　ナ形で＋さえあれば

　　　　イ形く＋さえあれば

　　　　動詞ます＋さえすれば

　　例　上司に怒られないように自分にとって都合のいいことだけ報告さえすればという考えになってしまうなど問題点もあります。

 豆知識

Q：除了「報連相」之外，日語裡還有哪些常見的諧音呢？

A：炸肉排的「カツ」和勝利的「勝つ」讀音相同，因此日本人會在重要考試或比賽前吃炸豬排以祈求順利。此外，5塊錢的「5円（ごえん）」和緣分的「ご縁（ごえん）」發音類似，所以日本人參拜神社時會將日幣5圓投進賽錢箱，代表與神明結緣。

▶ もっと知りたい

テレビドラマ『半沢直樹』

本劇以日本泡沫經濟時代的銀行為故事背景，劇情中隱含許多日本職場文化，例如派系鬥爭、階級文化、職場霸凌等。

🌸 腕試し

（　）に入れるのに最も良いものを、1・2・3・4から一つ選びなさい。

1　電話番号（　）あれば、誰でもメンバーシップを登録できる。
　　1　ぐらい　　　　　　2　さえ　　　　　　3　または　　　　　4　における

2　館内（　）飲食はご遠慮ください。
　　1　に比べる　　　　　2　に対する　　　　3　にわたる　　　　4　における

3　会社方針について（　）発表があるので、午後2時に会議室に集まってください。
　　1　率直な　　　　　　2　円滑な　　　　　3　活発な　　　　　4　重大な

4　この絵は沖縄の白い砂浜と青い海を（　）描いた作品です。
　　1　イメージして　　　　　　　　　2　アドバイスして
　　3　吸い上げて　　　　　　　　　　4　流れて

5　業務に困難が生じる場合、速やかに上司に（　）しなければならない。
　　1　循環　　　　　　2　報告　　　　　　3　提案　　　　　4　改善

日付：　　／

17　終身雇用制

　　台湾で走っている車で最も数が多く、人気があるのはトヨタ車だろう。日本を代表する企業であるトヨタグループには、「温情友愛の精神」という考えがある。これには従業員に対する創業者の思いが込められている。そのため一度トヨタに就職した従業員は定年までトヨタで仕事をするのが当然という考えを持っている。このようにトヨタは終身雇用の象徴のような企業である。しかし、2019年に豊田社長が「終身雇用は難しい」と言った。あのトヨタさえという思いから、その後メディアでは「終身雇用の崩壊」という言葉が並ぶようになった。

　　終身雇用制は、従業員にとって定年まで働ける安心感があり、企業にとっても必要な人材を長期的な目標をもって育てられることや人材を確保できることなどのメリットがある。しかし、一方ではデメリットもある。例えば、年齢が高くなればなるほど給与も上がるので人件費がかかるし、終身雇用の安心感からか従業員の向上心や意欲も高まりにくい傾向がある。そういう生産性の上がらない従業員も雇い続けないとならないため、企業にとっては負担となるのである。

　　この制度は、経済状況が安定していることを前提としているため、1990年以降、経済の低迷している日本では維持することが難しくなっている。今後日本の雇用は欧米のように仕事の内容に合わせて人材を採用するジョブ型になると言われている。また、AIやロボット技術の発展により多くの新しい仕事が生まれるだろう。若者たちはそれらを意識しながら必要なスキルを身につけていく必要がある。

問題

1　終身雇用（制）とは何か。

  1　企業が従業員を定年まで雇用する制度。

  2　企業が従業員を働けなくなるまで雇用する制度。

  3　企業が従業員を働く意欲がなくなるまで雇用する制度。

  4　企業と従業員が定期的に雇用契約をする制度。

2　終身雇用制のメリットとは何か。正しくないものを選べ。

  1　企業は必要な人材を長期的な目標を持って育成できる。

  2　企業は必要な人材を確保できる。

  3　従業員は生活を保障してもらえる安心感がある。

  4　従業員は定年までその企業で働ける安心感がある。

3　終身雇用制のデメリットとは何か。正しいものを選べ。

  1　年齢が上がるにつれて従業員の向上心や意欲が高まりにくくなる。

  2　従業員の向上心や意欲は高まるが、生産性が上がらなくなる。

  3　生産性の上がらない社員を雇い続けなければならない。

  4　終身雇用制を続けると日本の経済が低迷する。

4　それらとは何か。適切なものを選べ。

  1　給料の高さと雇用形態の変化。

  2　経済の低迷と科学技術の発展。

  3　雇用形態の変化と今後生まれる新しい仕事。

  4　科学技術の発展と今後生まれる新しい仕事。

単語

1. しゅうしんこようせい	【終身雇用制】	名 終身僱用制（員工終身受公司僱用）
2. グループ	【group】	名 集團；組
3. おんじょう	【温情】	名 溫情
4. じゅうぎょういん	【従業員】	名 員工
5. そうぎょうしゃ	【創業者】	名 創始人
6. こめる	【込める】	他Ⅱ 包含
7. しゅうしょく	【就職】	名・自Ⅲ 就職，就業
8. ていねん	【定年】	名・自Ⅲ 退休；退休年齡
9. メディア	【media】	名 媒體
10. ほうかい	【崩壊】	名・自Ⅲ 崩壞；倒塌
11. じんざい	【人材】	名 人才
12. ちょうきてき（な）	【長期的（な）】	な形 長期的
13. かくほ	【確保】	名・他Ⅲ 確保
14. デメリット	【demerit】	名 缺點
15. きゅうよ	【給与】	名 薪水；待遇
16. じんけんひ	【人件費】	名 人事費
17. こうじょうしん	【向上心】	名 上進心
18. いよく	【意欲】	名 熱情；意志
19. やとう	【雇う】	他Ⅰ 僱用
20. ふたん	【負担】	名・他Ⅲ 負擔，承擔
21. あんてい	【安定】	名・自Ⅲ 安定，穩定
22. ぜんてい	【前提】	名 前提
23. いじ	【維持】	名・他Ⅲ 維持
24. おうべい	【欧米】	名 歐美
25. スキル	【skill】	名 技能
26. みにつける	【身に付ける】	慣 掌握（技能等）

文型

1. ～に対する／対して　對於…；面對…

　　接　名詞＋に対する＋名詞

　　　　名詞＋に対して＋文

　　例　これには従業員に対する創業者の思いが込められている。

2. ～さえ　連…都

　　接　名詞（＋助詞）＋さえ

　　例　あのトヨタさえという思いから、その後メディアでは「終身雇用の崩壊」という言葉が並ぶようになった。

3. ～ば～ほど　越…越…

　　接　名詞で＋あれば＋名詞である＋ほど

　　　　ナ形で＋あれば＋ナ形である＋ほど

　　　　イ形ければ＋イ形い＋ほど

　　　　動詞ば＋動詞辞書形＋ほど

　　例　年齢が高くなればなるほど給与も上がるので人件費がかかる。

 豆知識

Q：什麼是「正社員」、「契約社員」和「派遣員工」呢？

A：「正社員」類似臺灣的正職人員，沒有僱用期限，但須接受公司安排的遷調。「契約社員」則類似臺灣的約聘，僱用期限、工作地點按照合約內容而定。「派遣員工」則是勞工與派遣公司簽訂合約，再由派遣公司安排至合作的企業工作。

▶ **もっと知りたい**

テレビドラマ『ハケンの品格』

本劇探討日本企業為節省人事成本捨棄終身僱用制，大量僱用派遣員工的現象。

腕試し

（　　）に入れるのに最も良いものを、1・2・3・4から一つ選びなさい。

1 当館（　　）ご意見やお問い合わせは、電話またはメールでお願いいたします。
　　1　にとっての　　　　2　につれて　　　　3　に対する　　　　4　によると

2 研究によると、石油の流出事故は生態系に（　　）影響を与える可能性があるそうだ。
　　1　長期的な　　　　　2　魅力的な　　　　3　健康的な　　　　4　伝統的な

3 外国人を（　　）ために、在留資格などの必要な手続きを行わなければならない。
　　1　込める　　　　　　2　雇う　　　　　　3　維持する　　　　4　意識する

4 台湾と日本は累進課税なので、年収が（　　）所得税も多くなります。
　　1　低ければ低いはず　　　　　　　　　2　高ければ高いはず
　　3　低ければ低いほど　　　　　　　　　4　高ければ高いほど

5 学生時代にプレゼンテーション能力を（　　）よかった。
　　1　身に付けば　　　　　　　　　　　2　気にすれば
　　3　身に付ければ　　　　　　　　　　4　気にかければ

日付：　　／

 18 # 社内アイディアコンテスト

第 20 回　チドリ文具株式会社アイディアコンテスト

第 20 回のテーマは「このペンで！伝えてほしいあなたの気持ち」。

SNS も便利ですが、丁寧に書いた一文字一文字は、それだけで気持ちが伝わるものです。そんな気持ちを伝えたくなるようなペンのアイディアを募集します！

募集案内

1. 参加資格：入社 3 年以上の社員

2. 応募期間：6 月 1 日〜 7 月 30 日

3. 募集内容：気持ちを伝えたくなるペン

4. 提　出　物：1. 応募用紙（1 枚）。

　　　　　　　　社内 SNS からダウンロードできます。

　　　　　　2. 作品の企画書（A4 サイズ 2 枚以内）。

　　　　　　3. 企画書には、作品の説明とともに、かならず作品の写真か絵をつけてください。

5. 参加方法：社内 SNS から応募してください。

6. 賞　　　金：最優秀賞（1 点）賞金 10 万円

7. 結果発表：10 月 1 日。社内 SNS で発表。

注意事項

1. 7 月 30 日の 17 時までに応募してください。

2. 応募は個人、または 3 人までのグループです。

3. グループで応募する場合は、1 人が代表して社内 SNS に応募してください。

お問い合わせ

チドリ文具株式会社　　商品企画部　　前田

電話：03-2468-1111　　内線 5789

問題

1　佐藤さんはグループでコンテストに応募するつもりである。正しい応募方法は、次のうち、どれか。

1　6月1日から7月30日17時までに、代表者1人が社内SNSから応募する。

2　6月1日から7月30日17時までに、グループ3人が一人ひとり別々に商品企画部に提出する。

3　6月1日から7月30日17時までに、4人グループの中の1人が社内SNSから応募する。

4　6月1日から7月31日17時までに、代表者1人が社内SNSから応募する。

2　正しい提出物の出し方は、次のうち、どれか。

1　応募用紙1枚と、作品の企画書1枚に作品の写真を1枚つけて、社内SNSから応募する。

2　応募用紙2枚と、作品の企画書1枚に作品の写真を1枚つけて、社内SNSから応募する。

3　応募用紙1枚と、作品の企画書1枚に作品の絵を1枚つけて、商品企画部に提出する。

4　応募用紙1枚と、作品の企画書3枚に写真を1枚と絵を1枚つけて、社内SNSから応募する。

単語

1. しゃない	【社内】	名 公司內部
2. ぶんぐ	【文具】	名 文具（同「文房具」）
3. コンテスト	【contest】	名 競賽，比賽
4. かぶしきがいしゃ	【株式会社】	名 股份有限公司
5. テーマ	【德 Thema】	名 主題
6. エスエヌエス	【SNS】	名 社群網站，社群媒體
7. ぼしゅう	【募集】	名・他Ⅲ 募集，招集
8. あんない	【案内】	名・他Ⅲ 指引，說明
9. しかく	【資格】	名 資格
10. にゅうしゃ	【入社】	名・自Ⅲ 進公司
11. しゃいん	【社員】	名 公司職員
12. ていしゅつ	【提出】	名・他Ⅲ 提交，提出
13. ようし	【用紙】	名 （具特定用途的）…紙
14. ダウンロード	【download】	名・他Ⅲ 下載
15. きかく	【企画】	名・他Ⅲ 企劃，規劃
16. サイズ	【size】	名 尺寸，大小
17. ゆうしゅう（な）	【優秀（な）】	名・な形 優秀，優異的
18. しょうきん	【賞金】	名 獎金
19. はっぴょう	【発表】	名・他Ⅲ 公布，揭曉，發表
20. だいひょう	【代表】	名・他Ⅲ 代表
21. ないせん	【内線】	名 （電話）分機，內線

文型

1. ～てほしい　希望…

　　接　動詞て形＋ほしい

　　例　このペンで！伝えてほしいあなたの気持ち。

2. ～とともに【～と共に】　和…一起

　　接　名詞＋とともに

　　例　企画書には、作品の説明とともに、作品の写真か絵をつけてください。

 腕試し

　　（　　）に入れるのに最も良いものを、1・2・3・4から一つ選びなさい。

1 今回の特別企画展は「琉球の歴史」という（　　）を中心に展示を行います。

　　1　テーマ　　　　　　　2　サイズ　　　　　　3　ダウンロード　　　4　コンテスト

2 昼ご飯を買うついでに、郵便局に行ってこの小包を（　　）。

　　1　送ってたまらない　　　　　　　　2　送ってしかたがない

　　3　送ってばかりいる　　　　　　　　4　送ってほしい

3 佐藤さんは学校を（　　）新聞社の取材を受けました。

　　1　代表して　　　　　2　発表して　　　　　3　募集して　　　　4　企画して

4 交換留学プログラムに参加したい方は、以下の申請書類を記入し、10月31日までに大学に（　　）ください。

　　1　提出して　　　　　2　発表して　　　　　3　案内して　　　　4　募集して

5 企業理念や事業内容の理解を深めるために、入社1年目の（　　）は社内研修に参加する必要がある。

　　1　創業者　　　　　2　個人　　　　　3　社員　　　　　4　社内

参考資料

論文

楊晶（2001）「電話会話で使用される中国人学習者の日本語の相づちについて－昨日に着目した日本人との比較」『日本語教育』111 号，日本語教育学会，pp .46-55.

新聞記事

弁当　冷めたままなぜ食べる，朝日新聞，2019-06-20，大阪版朝刊

ウェブサイト

https://hobbytimes.jp/article/20181024d.html

https://otonanswer.jp/post/43394/

https://reurl.cc/lvk7KE

https://www.toshiken.com/bath/pdf/japanesebath.pdf

https://www.nippon.com/ja/views/b07302/

https://omairi.club/articles/goshuin-perfect-guide

https://shuchi.php.co.jp/article/5416

https://www.kunaicho.go.jp/about/seido/seido02.html

http://kanto.env.go.jp/pre_2018/30_1.html

https://www.fujisan.or.jp/Action/think/

https://www.enecho.meti.go.jp/about/special/tokushu/nuclear/nihonnonuclear.html

https://www.homemate-research-infra.com/useful/18138_facil_019/

https://www.tohoku-epco.co.jp/electr/genshi/safety/qa/index.html

https://www.saiseikai.or.jp/medical/column/may_blues/

https://www.armg.jp/journal/101/

https://www.jrc.or.jp/donation/blood/news/2021/0701_019340.html

https://toyokeizai.net/articles/-/176175

https://aippearnet.com/single-post/hourensou/

https://fm0817.com/hourensou-mean

https://en-gage.net/content/lifetime-employment

https://www.dodadsj.com/content/200618_lifetime-employment/

https://mobility-transformation.com/magazine/restructuring/

豆知識参考資料

https://reurl.cc/9VoRYV

國家圖書館出版品預行編目資料

SURASURA! 日語讀解(初階篇)／今泉 江利子,石川
隆男,堀越 和男編著.－－初版一刷.－－臺北市：三
民，2023
　　面；　公分.－－（日日系列）

　ISBN 978-957-14-7602-5 （平裝）
　1. 日語 2. 讀本

803.18　　　　　　　　　　　　111022413

日日系列

SURASURA! 日語讀解 (初階篇)

編 著 者	今泉 江利子　　石川 隆男　　堀越 和男
責任編輯	游郁苹
封面繪圖	張長蓉

發 行 人	劉振強
出 版 者	三民書局股份有限公司
地　　址	臺北市復興北路 386 號 (復北門市) 臺北市重慶南路一段 61 號 (重南門市)
電　　話	(02)25006600
網　　址	三民網路書店 https://www.sanmin.com.tw

出版日期	初版一刷 2023 年 3 月
書籍編號	S860350
I S B N	978-957-14-7602-5

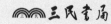

本書難易度對應日本語能力試驗 JLPT

N3　N2　N1

日日系列

SURASURA!

日語讀解 初階篇

今泉 江利子、石川 隆男、堀越 和男 編著

解析夾冊

三民書局

◇◆ 解析夾冊　目次 ◇◆

圖片來源：Shutterstock

千層蛋糕

🎯 文章參考中譯

　　大家知道「千層蛋糕」嗎？由法語的「mille」和「crêpe」組合而成的新興詞語「mille crêpes 千層蛋糕」，是指在堆疊多層的可麗餅中間，夾入奶油和水果的蛋糕。可麗餅和奶油非常搭，且與使用酥派麵團的「法式千層酥」相似。不過，「千層蛋糕」很柔軟，只要用叉子便能切開，切開的剖面非常美。加上它比一般蛋糕還不甜，所以在講究健康的現在，受到許多人的喜愛。

　　話說，雖然這種甜點的名稱為法語，但它並非誕生於法國。而是和咖啡凍、草莓奶油蛋糕等一樣，誕生於日本，因此①令人感到驚訝。據說它的起源是 1978 年於東京的咖啡廳開始販賣。那時，對這種稀奇甜點抱持興趣的日本大型連鎖咖啡店在取得許可開始販賣後，瞬間在全國一夕成名，這便是事情的始末。

　　像這樣，因為千層蛋糕在日本無人不知無人不曉般地受歡迎，其美味風評現也遍及海外。據說在美國紐約的某高級甜點專賣店，還販賣著一片要價 10 美元的「千層蛋糕」，大受歡迎到它在美國國內及亞洲也有分店。

　　誕生於東京街頭小咖啡廳的甜點，竟然如此受到大眾的喜愛，對喜歡蛋糕的我來說，②沒有比這更令人高興的事了。

🎯 習題解答 / 參考中譯

| 1 | 4 | 2 | 1 | 3 | 3 | 4 | 3 |

| 1 | 「千層蛋糕」是怎樣的食物呢？ |

　　1　像咖啡凍一樣不甜的甜點。

　　2　和草莓奶油蛋糕一樣甜的甜點。

　　3　為了講究健康而以酥派麵團製作的甜點。

　　4　重疊好幾層可麗餅、較不甜的甜點。

①令人感到驚訝是因為？

1　因為名稱雖然是法語，卻不是誕生於法國。

2　因為質地柔軟，只要用叉子便能切開，剖面非常美。

3　因為比起蛋糕還不甜，而受人喜愛。

4　因為大型連鎖咖啡店取得許可開始販賣而出名。

②沒有比這更令人高興的事了，是為何而高興呢？

1　這種甜點誕生於東京街頭的小咖啡廳。

2　這種甜點在美國的高級甜點店也變得知名。

3　誕生於日本的這種甜點受到世人喜愛。

4　這種甜點在日本、美國、亞洲各國都能吃到。

筆者是怎樣的人呢？

1　大型咖啡製造商的人。

2　發明出這種甜點的人。

3　超喜歡甜食的人。

4　經常往返海外的人。

🎯 小試身手

| 1 | 3 | 2 | 2 | 3 | 4 | 4 | 1 | 5 | 1 |

2 冷便當

文章參考中譯

無論哪個國家，都會有外國人難以理解的習慣。日本也不例外。來到日本念研究所的我，曾經閱讀過一篇同為臺灣留學生投稿在日本報紙上「為什麼要吃冷便當」的文章。那篇投書當時在網路上有著熱烈迴響而引發話題。內容是在說臺灣人會加熱便當吃，但日本人卻是吃冷的，他們為什麼不加熱呢？①這件事真的是非常不可思議。

確實如此。我內心也覺得日本人有奇怪的習慣。我念高中時，習慣一到學校就立刻把便當盒放進蒸飯機。因為如果在常溫下放到中午，不僅會變得不新鮮，也覺得不加熱吃對身體不好。特別是日本的冬天比臺灣寒冷。為什麼會有這種奇怪的習慣呢？我不禁感到疑惑。不過，也並非所有人都是如此。當中也有人使用最新型的保溫式便當盒，但只不過是少數。

然而，日本人還有②更不可思議的習慣。那就是明明自己帶的便當和鐵路便當等等都是不加熱直接吃，為什麼便利商店的便當卻會請店家用微波爐加熱呢？該怎麼解讀日本人這種矛盾的便當習慣才好呢？專家說，冷藏便當雖然必須加熱，不過一般日本粳稻米的特徵是即使冷掉了也很好吃，所以也許從以前就沒有加熱的習慣。

習題解答 / 參考中譯

| 1 | 4 | | 2 | 4 | | 3 | 2 | | 4 | 4 |

1 ①這件事指的是什麼事呢？

1 到處都有外國人難以理解的風俗習慣。

2 網路上有名的報導。

3 同為臺灣留學生所撰寫、刊登於報紙上的報導。

4 日本人習慣便當不加熱直接吃。

2 筆者閱讀完這篇投書後作何感想？

1 對於這篇報紙投書，認為都是初次聽到的內容。

2 對於這篇報紙投書，基本上雖然贊成，但也認為有部分例外。

3 跟自己一樣是臺灣留學生的人投書刊登於報紙，覺得很開心。

4 自己在日本也有相同經驗，因而深有同感。

3 關於②更不可思議的習慣的說明，下列何者正確？

1 使用最新型保溫式便當盒的習慣。

2 便利商店的便當會請店家用微波爐加熱的習慣。

3 日本冬天明明很冷，冬天卻也吃冷便當的習慣。

4 臺灣人會將便當加熱吃，日本人卻不加熱直接吃的習慣。

4 專家對於日本人不加熱便當這件事怎麼說？

1 因人而異。冷藏便當等等就會加熱吃。

2 真的為了健康著想，日本人應該也要加熱便當吃比較好。

3 家裡做的便當很安全，且製作時就有考量即使冷掉也好吃。

4 因為日本的米即使冷掉也好吃，所以不太有加熱的習慣。

🎯 小試身手

1	4	2	1	3	2	4	3	5	3

3 部落格食譜　玉子燒

🎯 文章參考中譯

烹調時間：15 分鐘

費用估計：150 日圓

難易度：★★★☆☆

關東玉子燒的材料（2 人份）

雞蛋：3 個

調味料

(A) 砂糖：1 大匙

(A) 濃口醬油：1/2 大匙

沙拉油：適量

關西玉子燒的材料（2 人份）

雞蛋：4 個

調味料

(A) 薄口醬油：1 大匙

(A) 高湯：100ml

沙拉油：適量

關東風玉子燒的作法

「關東和關西的玉子燒不同是真的嗎！？」

簡單又好吃的玉子燒是早餐和便當的必備菜色，據說在江戶時代，就已經會做現在這種玉子燒了。

玉子燒在關東和關西都是四方形，不過口味不一樣。在關東經常製作加入醬油和砂糖的甜味玉子燒，有時也被稱作「厚蛋燒」。另一方面，在關西則不加砂糖，而是加入大量高湯，製作成柔軟的玉子燒。

作法

① 將雞蛋及調味料 (A) 倒入鉢裡，簡單攪拌混合。

② 加熱玉子燒煎鍋，並倒入沙拉油。

③ 調成中火，將剛才混合的蛋液的 1/3 倒入煎鍋，並鋪平整面煎鍋。

④ 將鍋邊的蛋皮捲到手前方，再推至鍋邊。

⑤ 依序重複步驟③、④。

⑥ 將煎好的玉子燒切成容易食用的大小，就大功告成了。

重點

① 雞蛋有空氣跑入就容易破，所以不要過度攪拌。

② 關東玉子燒加了砂糖，要注意容易燒焦。

◎ 習題解答 / 參考中譯

| 1 | 4 | | 2 | 1 |

1 關於玉子燒的說明何者正確？

1 甜味的關東玉子燒起源自江戶時代做給小孩的食物。

2 關東玉子燒的特色是在大量高湯裡加入砂糖和醬油。

3 關西玉子燒的特色是因為加了高湯而柔軟，又被稱為厚蛋燒。

4 關東和關西的玉子燒的味道雖然各自不同，不過形狀都是四方形。

2 陳先生想按照食譜做關東玉子燒，正確的材料是哪些？

1 雞蛋、醬油、砂糖、沙拉油

2 雞蛋、醬油、高湯、沙拉油

3 雞蛋、砂糖、高湯、沙拉油

4 雞蛋、醬油、砂糖、高湯、沙拉油

◎ 小試身手

| 1 | 2 | | 2 | 3 | | 3 | 4 | | 4 | 1 | | 5 | 1 |

4 澡堂

文章參考中譯

在日本，有別於溫泉，名為澡堂的公共浴場現今仍存於城鎮中。

日本人泡澡的習慣說來古老，在日本最古老的書籍《古事記》（西元 712 年）和《日本書紀》（西元 720 年）裡，都有關於當時的溫泉以及寺院提供庶民蒸氣浴的記載。不過，真正面向一般大眾的澡堂登場，在東京據說始於 1591 年夏天的蒸氣浴。但是，自家浴室的普及，則必須等到小家庭化和經濟持續發展的 1955 年之後。看起來日本人喜歡泡澡這件事無論過去或現在都沒有改變。

那麼，對日本人來說，澡堂有什麼意義呢？在日本，澡堂自古以來不僅是清潔方式，也作為放鬆、交流的場所而受到重視，有著這樣的原委。也就是說，對日本人而言，泡澡堂就像是可以近距離感受類似溫泉氣氛的<u>重要場所</u>。

最近的澡堂也隨著時代不斷進化。舉例來說，超級澡堂、水療度假村、健康 LAND 等新型態的澡堂就是。從這點也能看出日本人對於澡堂的長久感情。

只不過，長年深受喜愛的澡堂當然也有公共禮儀。首先要先用熱水沖洗身體，再進入浴池。其次，不要將毛巾浸到浴池裡。然後，沖澡時要留意不要將水噴到其他人等等可說是常識。希望能確實遵守規則，舒適地享受歷史悠久的澡堂。

習題解答 / 參考中譯

| 1 | 4 | 2 | 1 | 3 | 3 | 4 | 2 |

1 　對普通人來說澡堂的普及是從什麼時候開始？

1　西元 8 世紀左右，寺院向鄰近的人提供蒸氣浴為起始。

2　根據日本最古老的書籍，西元 7 世紀左右為起始。

3　小家庭與經濟不斷發展的西元 20 世紀中葉左右為起始。

4　東京的話是西元 16 世紀末，於夏天登場的蒸氣浴為起始。

2 澡堂為什麼從以前就是重要的場所呢？

1 因為澡堂不只是洗淨身體，也是能感受類似溫泉氣氛的場所。

2 因為澡堂是類似溫泉的湯治場，為治癒疾病的場所。

3 因為澡堂是自古就存在，為庶民而設的大浴場。

4 因為澡堂是洗淨身上的汗水與污垢，清潔的場所。

3 最近的澡堂有怎樣的改變呢？

1 因為自家浴室增加，澡堂漸漸減少。

2 再也無法感受到日本人對於古早澡堂的特別感情。

3 出現超級澡堂、水療度假村等新型態的澡堂。

4 日本人喜歡泡澡的習慣沒有改變。

4 就泡澡堂時的禮儀而言，最不適當的為下列何者？

1 用熱水沖洗身體後進入浴池。

2 進入浴池洗身體，再用熱水沖洗。

3 進入浴池時，不要將毛巾浸到浴池裡。

4 沖洗身體時，留意不要將水噴濺到其他人。

🎯 小試身手

1	1	2	2	3	1	4	3	5	3

9

5 御朱印

🎯 **文章參考中譯**

　　我最近開始了一個新的興趣，那就是蒐集御朱印。所謂的御朱印，指的是日本神社和寺院自古以來的一種參拜證明，從神社和寺院所得到的手寫印記。據說它的起源，原本是信徒抄寫經文、獻納給神社和寺院時，作為獻納的證明，在名為御朱印帳的專用冊子裡蓋上日期和認證章。也就是說，這是具有信徒和神佛結緣之重大意義的寶物。

　　不過，現在因為它的獨特性，無關是否獻納經文，讓蒐集御朱印這件事成為一種熱潮。隨著流行，最近還出現了「御朱印女子」一詞。

　　我並非信徒，但說到為什麼開始蒐集御朱印，是因為在網路上看到的御朱印太過可愛了。便立刻去參拜附近有名的寺院，購買御朱印帳、請領御朱印。偶爾看一下，透過每一個御朱印，就會想起至今參拜過的寺院及神社的情景。

　　御朱印帳分成蛇腹式與和本式，採用有厚度的和紙。各自的封面無不費盡心思，充滿獨特的款式。其中甚至包含年輕人喜歡的動畫和多彩多樣的風格。御朱印本來就是用毛筆所書寫，因此不存在一模一樣的御朱印。因此，與其說是證明章，倒不如該說是藝術作品比較正確吧。即使相同地點去過好幾次，依然會感覺很新鮮。獨一無二的藝術品這一點或許正是御朱印的魅力。

🎯 **習題解答 / 參考中譯**

| 1 | 2 | | 2 | 1 | | 3 | 1 | | 4 | 4 |

| 1 | 　「御朱印」本來是個什麼樣的東西呢？

　　1　可以從日本的神社和寺院得到的一種參拜證明。

　　2　神社和寺院的信徒抄寫經文並獻納後得到的獻納經文證明。

　　3　蓋了參拜神社和寺院的日期和認證章的信徒寶物。

　　4　使用有厚度的和紙所製作、多彩且獨特的神社和寺院的導覽書。

2 筆者為何會開始蒐集御朱印呢？

1 因為在網路上的新聞看到，覺得御朱印太過可愛了。

2 因為筆者是信徒，從以前就希望與神佛結緣。

3 因為最近特別以女性為中心在年輕人之間流行，而抱持興趣。

4 因為筆者雖然並非信徒，但認為御朱印是世上獨一無二的藝術品。

3 關於御朱印的魅力，下列說明何者正確？

1 因為御朱印全都是手寫的，不存在一模一樣的御朱印。

2 因為御朱印帳分成蛇腹式與和本式，採用漂亮的和紙。

3 各家神社和寺院在封面上費盡心思，充滿獨特的款式。

4 因為「御朱印」的獨特性，以及無關是否獻納經文都可得到。

4 筆者最想說的是什麼？

1 御朱印不單只是參拜證明，也變成可愛的收藏。

2 即使在同一地點請領御朱印，也總會有新鮮感。

3 御朱印有很多是年輕人喜歡的動畫及多彩多樣的風格，充滿樂趣。

4 御朱印是世界上獨一無二且親手書寫的藝術作品，所以很寶貴。

🎯 小試身手

1	1	**2**	4	**3**	2	**4**	3	**5**	4

無限次乘車券

🎯 文章參考中譯

名東鐵道無限次乘車券的介紹

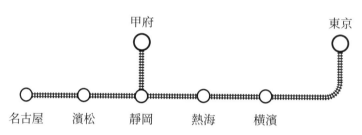

種類	假日無限次乘車 1 日券	3 日無限次乘車券	好友優惠乘車券
特點	可以在星期六、日以及國定假日使用的優惠乘車券。	六日也可使用，相當方便！1 張票可以連續使用 3 天！	1 組共 4 張的 1 日券。和家人及朋友一起使用吧！
適用區間	名東鐵道與名東鐵道巴士全線	名東鐵道名古屋車站至熱海車站	名東鐵道全線的普通車
可使用日及有效時間	星期六、日及假日	年末及連續假期以外的連續 3 天	全年
成人票價	1200 日圓 /1 張	3200 日圓 /1 張	3800 日圓 /1 組
兒童票價	600 日圓 /1 張	1500 日圓 /1 張	無販售
購買相關問題	請洽車站窗口或於網路購買。	請洽車站窗口或至售票機購買。	於網路購買。

退票以及年齡限制等注意事項

1. 好友優惠乘車券適用於 14 歲以上的任何人。

   1 組 4 張乘車券請於同日使用。

2. 退票請於有效期限內，在原購票處窗口辦理。網路購票者請於網路上辦理，該情況將收取手續費 500 日圓。如有不明之處，請打電話至「無限次乘車券」事務室洽詢。

諮詢單位

無限次乘車券事務室

電話號碼：052-555-1178

營業時間：10：00 ～ 17：00（星期六、日及假日除外）

1	1		2	1

1 川上先生下星期六打算和妻子以及兩個就讀國小的孩子，共 4 人一起從東京去濱松，可使用的乘車券有哪種？

1 假日無限次乘車 1 日券

2 假日無限次乘車 1 日券、3 日無限次乘車券

3 假日無限次乘車 1 日券、好友優惠乘車券

4 好友優惠乘車券

2 要如何進行「好友優惠乘車券」的退票呢？

1 在網路上支付手續費 500 日圓辦理手續。

2 在無限次乘車券事務處支付手續費 500 日圓辦理手續。

3 在購買乘車券的車站的無限次乘車券事務處辦理手續。

4 在購買乘車券的車站支付 500 日圓，於網路辦理退票手續。

🎯 小試身手

1	3		2	2		3	4		4	4		5	2

太宰治《青森》

🎯 **文章參考中譯**

　　因為在青森讀中學的緣故，我曾在青森待了四年。親戚豐田家一直很照顧我。就是在寺町經營吳服店的豐田家。豐田家已故的「老爹」一直都很盡心盡力支持我，在各方面鼓勵著我。而我對「老爹」也相當予取予求。

　　「老爹」是個好人。但非常令人遺憾的是，就在我老是做蠢事、還沒做出半點出色的成就時，他便過世了。我常常在想，若是他能再多活個五年、十年，而我多少也成點大事，就能讓「老爹」為我高興了。現在回想起老爹對我的好時，我都感到十分惋惜。每當我在國中稍微考取一點好成績，老爹就會比世上任何人都還為我高興。

　　在我國中二年級時，寺町的一間小花店裡掛著五、六幅西洋畫，就連孩子氣的我多少也對那些畫感到動心。於是我以兩圓的價格買下其中一幅畫。得意洋洋地說：「這幅畫將來一定會變得價值不菲」，把這幅畫送給「老爹」。老爹聽了之後便笑了出來。我想那幅畫至今仍在豐田家中。現在的話那幅畫價值一百圓可能也過於便宜。因為那可是棟方志功先生初期的傑作。

　　我偶爾會在東京看到棟方志功先生的身影，不過因為他總是英姿颯爽地大步而行，所以我都會裝作不認識他。然而，那時志功先生的畫確實十分優秀。現在看來，這也已經是將近二十年前的往事了。豐田家的那幅畫，今後如果能變得更加高價就好了。

🎯 **習題解答 / 參考中譯**

| 1 | 3 | 2 | 4 | 3 | 1 | 4 | 1 |

---

1 筆者為什麼會在青森呢？

1　為了去見親戚的豐田先生。

2　因為想買畫給豐田先生。

3　為了上學。

4　因為想做出色的工作。

2	關於「老爹」，下列敘述何者錯誤？

1 「老爹」一直都很支持筆者。

2 「老爹」從筆者那裡收到一幅畫。

3 「老爹」被筆者撒嬌依靠。

4 「老爹」是筆者的父親，經營著吳服店。

3	關於<u>非常令人遺憾</u>，筆者覺得什麼事很遺憾呢？

1 連點出色的成就都沒做出時，「老爹」就過世了這件事。

2 「老爹」還活著時，總是惹他生氣這件事。

3 在學校未能取得好成績這件事。

4 兩圓買下的畫送給「老爹」後，變成一百圓這件事。

4	下列敘述何者與本文內容相符？

1 筆者所買下的那幅畫，在二十年後價值超過百圓。

2 「老爹」之所以笑，是因為那幅畫之後會變得價值不菲。

3 筆者對於畫家棟方志功的事毫不知情。

4 「老爹」總是對筆者出拳施暴。

🎯 **小試身手**

1	2		2	3		3	4		4	1		5	2

8 皇室

🎯 文章參考中譯

在日本，自古就存在皇室這種類似歐洲貴族階級的人們。那麼，皇室有怎樣的特徵呢？

首先我們來看看皇室的定義。根據字典，說明皇室是指「天皇與其一族」。也就是說天皇並非皇族，而是特別的存在。那麼，皇族指的是誰呢？現在以皇后（妻子）、皇太子（長男）、親王（長男以外的男性）、內親王（女性）為天皇家族的基本。另外，天皇的兄弟會被授予「宮號」，成為皇室的成員。只不過在 1947 年，皇室的財產國有化、經費縮減，以及宮號規定改成「只授予到直系嫡男的曾孫」，11 宮 51 人脫離皇室，因此現在減少到 4 宮 17 人。

接下來看看皇室與國民的不同。首先皇室沒有姓氏，然後無法自由選擇工作，只能選擇以公益為目的的非營利團體。而且沒有自己的房子，而是住在管理皇室財產的宮內廳所提供的國家設施。另外結婚方面，內親王雖然是自由的，但皇太子和親王就要經由皇室會議決定，不能離開皇室，諸如此例。

現在，皇室 17 人當中有 12 人是女性。由於現任天皇之下只有一位內親王，繼承人只有現任天皇的弟弟秋篠宮親王和他的長男，以及現任天皇的祖父的弟弟常陸宮這 3 人。因此，天皇繼承問題在這幾年成為了話題。在女性的活躍受矚目的 21 世紀，日本是否會誕生睽違已久、取代男性的女性天皇呢？

🎯 習題解答 / 參考中譯

| 1 | 3 | 2 | 1 | 3 | 4 | 4 | 2 |

1 所謂的「皇室」是什麼意思？

　　1　日本的皇室指的是天皇的家人。

　　2　日本的皇室指的是經由皇室會議所決定的人。

　　3　日本的皇室指的是天皇與其一族。

　　4　日本的皇室指的是自古以來為貴族階級的人。

2 「皇室」有怎樣的規矩？

  1 皇室成員沒有姓氏也沒有自己的房子，且皇室的財產由國家管理。

  2 皇室成員因為是貴族，所以不需要工作。

  3 皇室成員結婚時，都必須經由皇室會議決定。

  4 所有的皇室成員都無法擅自離開皇室。

3 關於天皇繼承問題，<u>因此</u>是因為有怎樣的問題點？

  1 由於國家縮減經費導致皇室人數減少，可以成為天皇的人變少了。

  2 現在的皇室成員，17 人當中有 12 人為女性。

  3 現在皇室裡身為天皇繼承人的男性有 3 位。

  4 現任天皇只有一位女兒，沒有兒子。

4 這篇文章是在說明日本皇室的什麼？

  1 日本皇室人數和以前不同，漸漸減少一事。

  2 日本皇室的定義、與國民的不同以及現在的問題點。

  3 日本皇室的優點及缺點。

  4 日本皇室與歐洲皇室不一樣的地方。

🎯 小試身手

1	3	2	2	3	1	4	2	5	4

17

9　成人之日

🎯 文章參考中譯

<h2 style="text-align:center;">成人之日的通知</h2>

令和 12（2030）年　成人之日的集會（成年禮）

青空市為了慶祝即將成年的市民舉行紀念活動。

概要

對象	平成 21（2009）年 4 月 2 日至平成 22（2010）年 4 月 1 日為止出生且設籍在青空市的市民
舉辦日期	令和 12（2030）年 1 月 14 日　星期一
舉辦時間	上午場　10 點 00 分～11 點 00 分 北區、中央區、西區、港北區、青葉區 下午場　14 點 00 分～15 點 00 分 東區、南區、綠區、港西區、櫻井區
地點	青空市民大會堂
內容	報到 宣布開幕 市長祝福 來賓致詞 新成人誓約 閉幕
交通方式	離青空市民大會堂最近的車站為山川線「青空公園車站」。請多利用電車及公車等大眾運輸工具。
注意事項	1. 我們會於 12 月 1 日之前郵寄入場券給成年禮參與對象。請透過明信片上的 QR 碼進行事前登記。另外，若於 12 月 10 日之前沒有收到通知書，請電洽下列單位。 2. 希望變更上午場、下午場的人請於 12 月 20 日之前在事前登記時選擇想要的時間。 3. 我們將於舉辦時間的前 1 小時開放入場。如果在舉辦時間前沒有完成報到的人將無法參加。
主辦單位	青空市 / 青空市教育委員會 / 青空市成年禮執行委員會

洽詢單位

青空市教育委員會成年禮負責單位

電話：078-432-1597　電子信箱：2030seijinshiki@city.aozora.jp

| 1 | 2 | 2 | 3 |

---

1 石田先生住在西區,且想參加下午場。他該怎麼做才好呢?

1 透過 QR 碼進行事前登記,在舉辦時間的前 1 小時帶著入場券前往會場,並完成報到。

2 透過 QR 碼進行事前登記時選擇下午場,當天於舉辦時間前完成報到。

3 透過 QR 碼進行事前登記,並打電話聯繫洽詢單位,告知出席下午場。

4 透過 QR 碼進行事前登記後,以電子郵件告知洽詢單位將出席下午場,當天於舉辦時間前完成報到。

---

2 如果在 12 月 10 日之前都沒收到通知書,該怎麼做才好呢?

1 透過 QR 碼進行事前登記時,告知沒有收到入場券。

2 以電子郵件聯繫洽詢單位,並在開場前 1 小時前往會場,告知沒有收到。

3 打電話聯繫洽詢單位,告知沒有收到。

4 當天於舉辦時間的前 1 小時前往會場,告知主辦單位沒有收到。

🎯 小試身手

| 1 | 4 | 2 | 1 | 3 | 2 | 4 | 3 | 5 | 1 |

10 富士山垃圾問題

🎯 **文章參考中譯**

　　若被問到日本的象徵是什麼，大多數的日本人都會回答富士山吧。富士山自古就被作為神明居住的山所信仰，江戶時代更是盛行登山參拜。因為人們相信每當攀登富士山，就能變得健康和幸福。現在也有許多人造訪富士山，但 2020 年時受新型冠狀病毒的影響，導致登山人數銳減。

　　靜岡縣自 1989 年開始統計以來，每年會有 20 萬人，多的時候甚至會超過 40 萬人來富士山，但另一方面環境問題也日益嚴重。因為當時登山客對垃圾的意識極低，為了減少行李而隨手亂扔，就連大小便也隨地解放。90 年代時，在這種情形下，雖然開始了將富士山推舉為「世界自然遺產」的活動，卻也以此為理由之一，從候選中被剔除。在這之後，多虧相關機構與人們的努力之下，於 2013 年被登錄為「世界文化遺產」。現今仍有志工進行清掃和實施富士山廁所淨化計畫。據說在這樣的情形變化之下，登山客的道德感也隨之提高，幾乎沒有人再隨手亂扔了。

　　而透過這個情形我察覺到了一件事。新型冠狀病毒會引起發燒、咳嗽、味覺喪失等症狀，我們人類之於地球說不定也等同是一種病毒。就像病毒會給予人體負面影響，人類也一路破壞了地球的環境。但是人類是具有智慧的。既然人類住在地球上，那我們每個人都必須將與自然共存之路當作自己的事去思考才行。

🎯 **習題解答 / 參考中譯**

1	3	2	1	3	2	4	4

| **1** | 江戶時代為什麼盛行登山參拜呢？

　1　因為登山有益健康。

　2　因為從山頂看美麗的景色就會變幸福。

　3　為了向神明祈願不會生病、能過得幸福。

　4　因為富士山很有名。

2 環境問題也日益嚴重，是什麼意思呢？

1 環境漸漸惡化。

2 環境漸漸改善。

3 人們逐漸不關心環境問題。

4 人們逐漸開始關心環境問題。

3 富士山從世界自然遺產的候選中被剔除的理由之一為何？

1 因為新型冠狀病毒的影響導致登山人數大減。

2 因為富士山有垃圾丟棄及如廁等問題。

3 因為富士山已被登錄在世界文化遺產了。

4 因為當時沒有志工進行清掃活動。

4 筆者想說的事是什麼呢？

1 以前富士山的環境惡劣，但現在被登錄為世界文化遺產而有所改善。

2 多虧了人們為了改善富士山環境而努力，富士山被登錄在世界文化遺產。

3 為了守護山上的環境，提升登山客的道德感、不隨地亂扔很重要。

4 就像富士山環境的好壞取決於人類，讓地球環境變好也取決於人類。

🎯 小試身手

| 1 | 4 | 2 | 2 | 3 | 1 | 4 | 1 | 5 | 3 |

11 核能

🎯 文章參考中譯

　　電力在我們的日常生活當中①不可或缺，而製造電力的原料有鈾元素和鈽元素等核燃料。它們在進行核分裂時，會產生龐大的熱能。核電廠利用這股能量製造電力。因此，原子能也被稱為核能。

　　日本開始使用核能是從 1960 年代起。世界各國以 1970 年代的石油危機為契機，開始省思過度依賴石油的風險，與此同時日本也因為電力需求高漲，②進而使得核能備受矚目。然而，現在則分為想要停止使用核能的國家，與打算增加利用的國家。

　　核能的優點是可以用少量的原料產生出龐大的電力。而且鈾元素不僅供給穩定，也能回收再利用。再加上與煤炭、石油不同，核能不會排出二氧化碳，因此從防止全球暖化的觀點上來看也十分出色。其他還有用來發電和營運上的花費，相比之下都較為便宜。

　　那為什麼世界上會有國家想要停止使用呢？因為這當中包含幾個重大問題。例如：當發生事故時受災情形會相當嚴重，使用過後的燃料處理問題，還有針對海嘯、恐怖攻擊等安全對策的成本及危險性等。也就是說，③核能是一把「雙面刃」。若是使用方法不當，便會傷到自己。日本將來預計會增加核能的使用。但是，千萬不能忘記它是一個不僅會傷到自己，還有可能傷及周遭的危險道具。

🎯 習題解答 / 參考中譯

| 1 | 1 | 2 | 3 | 3 | 2 | 4 | 4 |

1 請選出與①不可或缺同義的詞語。

　1　必要
　2　不必要
　3　不夠
　4　足夠

2 日本於何時開始使用核能發電呢？

1 1940 年代

2 1950 年代

3 1960 年代

4 1970 年代

3 ②進而使得核能備受矚目是為什麼呢？請選出錯誤的描述。

1 因為鈾元素即使進行核分裂，也不會排出二氧化碳。

2 因為相比之下鈾元素較為安全。

3 因為鈾元素的取得來源穩定。

4 因為鈾元素用於發電或營運上的花費，相比之下較為便宜。

4 ③核能是一把「雙面刃」，這句話的意思是什麼呢？

1 核能可用少量的原料產生出龐大的能量，還可回收利用。

2 核能不只有使用過後的燃料處理問題，還有安全性的問題。

3 有想停止使用核能的國家，以及增加使用的國家。

4 核能有很大的優點，同時也有很大的缺點。

🎯 小試身手

| **1** | 2 | **2** | 4 | **3** | 1 | **4** | 4 | **5** | 2 |

12 環境市民講座

🎯 文章參考中譯

試著讓今年成為環保的夏天！－快樂學習的環境市民講座－

　　保護地球環境就是保護我們的生活。為此，首先就從自己能做到的事開始吧！

　　今年夏天的市民講座是節省能源和垃圾分類的方法，以及資源垃圾的利用方法。要不要和講師一起快樂學習自己能為環境做的事呢？

●想知道更多！

環境市民講座
①「在家裡就做得到的夏天節能講座」 日程：8/1(六)10:00 ～ 12:00　8/8(六)14:00 ～ 16:00 內容：夏天電費很貴。如果動點腦筋就可以節能的話，會是令人開心的一件事對吧？ 　　　讓我們快樂學習在家裡就做得到的節能方法！ 演講者：松山電氣　山田博店長
②「一起認識資源垃圾與遊戲！親子講座」 日程：8/2(日)10:00 ～ 12:00　8/9(日)14:00 ～ 16:00 內容：一起來學習有哪些資源垃圾吧！然後利用寶特瓶製作遊戲道具，實際玩玩看吧！ 演講者：遊戲補習班講師　佐藤櫻老師
③「垃圾分類與節能的辦法」 日程：8/15(六)10:00 ～ 12:00　8/16(日)14:00 ～ 16:00 內容：透過淺顯易懂的表格介紹平山市的垃圾分類。若能按照表格來做，分類就會更加簡單！另外介紹能夠節省水電費的方法。 演講者：知名節約主婦　中田愛子老師

●報名方式

請從平山市的網站選取欲參加的講座，並於講座舉辦日的前 2 週完成報名。

●注意事項

1. 「在家裡就做得到的夏天節能講座」平山市民以及在平山市念書、工作的人都可以參加。

2. 「一起認識資源垃圾與遊戲！親子講座」以平山市的小學生與其家人為對象。請親子共同參加。

3. 「垃圾分類與節能的辦法」以 15 歲以上的平山市民為對象。

洽詢單位

平山市環境課

電話：0133-766-9152

網站：ecosummer@city.hirayama.lg.jp

🎯 習題解答 / 參考中譯

| 1 | 2 | | 2 | 4 |

1 　今天是 7 月 21 日星期二。雖然不是平山市民，但在平山市的公司上班的加藤先生想要透過環境市民講座學習節能。從現在開始他可以參加的講座有哪些呢？

　1　8 月 1 日和 8 日的「在家裡就做得到的夏天節能講座」

　2　8 月 8 日的「在家裡就做得到的夏天節能講座」

　3　8 月 8 日的「在家裡就做得到的夏天節能講座」和 8 月 15 日、16 日的「垃圾分類與節能的辦法」

　4　8 月 15 日、16 日的「垃圾分類與節能的辦法」

2 　可以參加「一起認識資源垃圾與遊戲！親子講座」的人是以下當中的什麼人呢？

　1　在平山市的國小教書的夫妻

　2　在平山市的國小上學的兄弟

　3　住在平山市的 16 歲小孩與其父

　4　住在平山市的 10 歲小孩與其母

🎯 小試身手

| 1 | 3 | | 2 | 4 | | 3 | 3 | | 4 | 2 | | 5 | 1 |

13 附和語

🎯 文章參考中譯

　　昨天在家裡用電腦工作時，接到妻子打來的電話。她在購物場所想詢問我覺得商品 A 跟商品 B 哪一個比較好。過了一會，妻子突然以略兇的口氣說道：「親愛的，你有在聽嗎？」，我立即回答：「我有在聽喔」。然而，卻因為不記得談話內容，而讓妻子更加生氣。為什麼妻子會知道我沒有在聽呢？沒錯，就是因為我在電話中沒有確實跟著附和她。

　　AIZUCHI 的漢字寫作「相槌」。以前，打鐵舖的師父與弟子會面對面，輪流以槌子捶打製刀。弟子手上的這根槌子便稱為「相槌」，之後由此衍生出「附和」一詞，意思是於談話中加入簡短的字句或點頭等配合對方的話語。

　　附和語有以下 4 種功能：「聽取」、「理解」、「認同」對方的話，以及「情感表現」。適時插入「是的、對呀、嗯、這樣啊、喔、原來如此」這些詞，或是重複對方所說的部分字句來作為附和的手段。若是使用「好厲害、太好了、真棒」等富含情感的詞，不僅能使談話氣氛更熱絡，還能讓對方更想與你交談。

　　像這樣巧妙地進行附和，讓對方以愉悅舒適的心情交談，在商業對談是基本事項，同時也是一種禮儀。不僅如此，丈夫巧妙地附和妻子，或許也是夫妻和睦相處的秘訣。

🎯 習題解答 / 參考中譯

1	3	2	1	3	1	4	4

1 妻子為什麼以很兇的語氣說話呢？

1　因為丈夫不陪自己一起去購物。
2　因為不知道要選商品 A 還是商品 B。
3　因為覺得丈夫沒有在聽自己說話。
4　因為自己與丈夫意見不合。

2 「槌子」指的是什麼？

1　敲打物品的工具。
2　旋緊及旋鬆螺絲的工具。
3　剪開紙類和布類的東西。
4　切斷、彎曲金屬的工具。

| 3 | 關於附和的功能何者有誤？

1　聽取對方的話後，為了得到對方的認同而闡述自己對此的想法和意見。

2　聽取對方的話後，表達自己對此的心情。

3　對對方的話表示同意、認同。

4　對對方的話表示理解。

| 4 | 不論是商業對談又或是夫妻對話，筆者認為最重要的是什麼？

1　不讓對方生氣。

2　不讓對方感到不安。

3　讓自己心情舒適地說話。

4　讓對方心情舒適地說話。

🎯 小試身手

| 1 | 3　　| 2 | 1　　| 3 | 4　　| 4 | 2　　| 5 | 2

14 五月病

🎯 **文章參考中譯**

　　日本是從 4 月開始新年度。在學校新生、社會新鮮人當中，有些人因為在不熟悉的環境中持續處於緊張狀態，進而累積壓力。當 5 月的連續假期結束，重新回到學校、公司後，這些人便出現身體疲倦、沒有幹勁，甚至是頭痛、失眠等症狀，此稱為「五月病」。在醫學上屬於「適應障礙症」的一種，是因無法適應環境變化所引起。

　　罹患五月病可能會導致學生的學習力下降，或因此不去上學。若是社會人士則會有工作效率低落、職場人際關係惡化，甚至是擅自缺勤，對公司業績產生負面影響等情況。如果放任不管還會變成憂鬱症，因此絕對不能輕忽。有些人認為五月病是不認真或意志薄弱的人才會罹患，事實上完全相反，越是認真、腳踏實地的人，以及責任感強烈的人，反而越容易罹患五月病。

　　只要壓力的成因消失，五月病的症狀就會有所好轉，因此若是壓力來源為學校或職場的話，人們在離開這些場所之後就會顯得較有精神。這也是為什麼五月病患者經常被周圍的人認為「明明在休息時就很有精神……」。倘若他們為了回應周遭的期待而拚命努力，深信自己不應該太放縱，就會使得症狀更加惡化。

　　當罹患五月病時，應先找出形成壓力的原因，並嘗試減少自己吸收的壓力。接著享受感興趣的事物，或是找值得信賴的人諮商等，把那些壓力發洩出去才是最重要的。

🎯 **習題解答 / 參考中譯**

| 1 | 4 | | 2 | 1 | | 3 | 2 | | 4 | 3 |

1　形成「五月病」的原因為何？

　1　因為 5 月的連續假期結束，重新回到學校及公司。

　2　因為即使身體疲倦、容易感到勞累也置之不理。

　3　因為即使頭痛、失眠也不去醫院。

　4　因為無法習慣或適應環境變化。

2 　當患上五月病時，會有哪些情況發生？請選出不正確的描述。

　　1 　**不認真且意志薄弱。**

　　2 　學習力下降或不去上學。

　　3 　工作效率變差、職場人際關係不佳。

　　4 　擅自缺勤，有時會對公司業績產生負面影響。

3 　<u>不能輕忽</u>是什麼意思呢？

　　1 　並非具吸引力的話題。

　　2 　**不能認為不是什麼大問題。**

　　3 　不能認為是重大的問題。

　　4 　不能悲觀思考。

4 　要是覺得自己罹患五月病，應該要如何處理呢？請選出不正確的選項。

　　1 　找出壓力的來源，並設法減輕那些壓力。

　　2 　從事自己喜歡的事情或覺得快樂的事情。

　　3 　**盡可能地把心力集中在工作跟學習上。**

　　4 　找值得信賴的人請求建議。

🎯 **小試身手**

| 1 | 4 | 2 | 4 | 3 | 1 | 4 | 2 | 5 | 3 |

15 互助互愛的捐血運動

🎯 文章參考中譯

7 月是「互助互愛的捐血運動」月！

每年 7 月是「互助互愛的捐血運動」月。為了將血液送給需要的人，需要大家協助捐血。懇請各位理解與協助。

給捐血者的請求

■捐血流程

受理報到 ⇒ 問診 ⇒ 血型檢查 ⇒ 抽血 ⇒ 休息

捐血所需時間：約 40 分鐘

■避免捐血的情況

1. 身體狀況不好的人

2. 接種疫苗的人（接種流感疫苗的人請避免於接種後 24 小時內捐血）

3. 回國未滿 4 週的人

4. 孕婦

另有其他避免捐血的情況。請遵從工作人員的指示。

■注意事項

1. 初次捐血的人，請攜帶可證明本人且附照片的證件。

2. 捐血前後，請務必補充水分。

3. 捐血後請休息 10 分鐘以上。

捐血巴士行程表

星期	場所	受理時間	禮物
一	天滿宮	13：30 ～ 15：30	餅乾　1 袋
二	赤坂站西出口	10：00 ～ 16：30	果汁　1 瓶
三	森岡市政府前	10：00 ～ 15：30	雞蛋　1 盒
四	天滿宮	10：00 ～ 17：00	餅乾　1 盒
五	森岡市政府前	10：00 ～ 16：30	紅茶　1 瓶

六	赤坂站西出口 及東出口	10：00～16：30	毛巾　1 條
日	赤坂站西出口 及東出口	11：00～17：00	洗衣精　1 瓶

洽詢單位

日本紅十字血液中心醫務課　電話：03-5478-1234

🎯 **習題解答 / 參考中譯**

| 1 | 3 | | 2 | 2 |

| 1 | 高島同學打算下週去捐血。他從星期一到五每天下午 4 點前大學有課。因為下星期週末時間不方便，所以他打算下課後就去。從大學到天滿宮和森岡市政府前只要花 30 分鐘，但到赤坂站需 1 小時半。請問高島同學星期幾可以去捐血呢？

1　星期一和星期五
2　星期三和星期四
3　星期四和星期五
4　星期二和星期四和星期日

| 2 | 無法在捐血巴士捐血的人為下列何者呢？

1　攜帶駕照、第一次捐血的女性
2　8 月預定生產的女性
3　5 月從臺灣回日本的男性
4　前天接種流感疫苗的男性

🎯 **小試身手**

| 1 | 3 | | 2 | 4 | | 3 | 1 | | 4 | 2 | | 5 | 3 |

16 報連相

🎯 文章參考中譯

　　一聽到「HOURENSOU」，會讓人聯想到蔬菜的菠菜，不過這其實是有關工作的用語。所謂的「報連相」，指的是業務上的「報告」、「聯絡」、「商談」。「報告」是向上司傳達工作結果與過程。「聯絡」是將必須傳達的事情告知相關人員。「商談」是感到困惑時向上司及前輩尋求建議。

　　報連相一詞本來是以「聽取年輕人直率的意見，打造出通暢良好的職場環境」為目的，於40 年前所提出。然而，最近卻變成以讓業務順利進行並提升業績為考量，而必須執行報連相。

　　報連相就像血液循環。人類的血管一旦堵塞，血液無法流通，部分功能就無法運作。換句話說，若不進行報連相的話，即使發生問題，除了當事者以外的其他人皆不知情，將來有可能發展成嚴重的麻煩。為了不演變成這種結果，報連相十分重要。然而，若過度進行報連相，會產生下屬只顧著等待指示而不自己思考，抑或是為了不惹上司生氣，認為只要報告對自己有利的事就好等問題點。

　　為了改善這些問題，最近將「確連報」納入考量的公司也有所增加。它與報連相的差別在於，先自己思考並執行後，再向上司「確認」。不過，即使是報連相也好，確連報也好，最重要的不就是良好的人際關係與活躍的溝通嗎？基於這層涵義，似乎有必要再次省思40 年前的理念。

🎯 習題解答 / 參考中譯

1	4		2	1		3	2		4	1

1 　請選擇與「報連相」的敘述有誤的選項。

　1　指「報告」、「聯絡」、「商談」。

　2　「報告」是向上司傳達工作狀況。

　3　「聯絡」是將應要傳達的事項告知有關人員。

　4　「商談」是感到困惑時向下屬或後輩請教建議。

2 通暢良好的職場環境，是指怎樣的環境呢？

1 人際關係良好，即使有上下關係也能相互溝通工作事項的環境。

2 有很多扇窗、能換氣的環境。

3 業務流暢進行、業績上升的環境。

4 上司下達適當的指示、下屬能將此執行的環境。

3 報連相何處與血液循環相像呢？

1 若不將工作結果與過程告知上司，之後就會被發脾氣的部分。

2 若不將情報傳達給有關人員，之後將有可能變成大麻煩。

3 若不將應傳達的情報傳達，之後上司就必須自己傳達給有關人員。

4 要是請示建議的話，就會漸漸不自己思考。

4 下列何者適合作為本文的主旨？

1 良好的人際關係與活躍的溝通很重要，是讓業務能圓滑進行的重要關鍵。

2 為了提升業績，報連相是最重要的事情。

3 年輕職員必須養成能自己思考並執行後，再向上司確認的習慣。

4 聽取年輕人直率的意見，是讓職場環境改善的重要事項。

🎯 小試身手

| 1 | 2 | | 2 | 4 | | 3 | 4 | | 4 | 1 | | 5 | 2 |

終身僱用制

🎯 文章參考中譯

在臺灣路上奔馳的汽車當中，數量最多且最受歡迎的就是 TOYOTA 汽車吧。代表日本企業的 TOYOTA 集團理念含有「溫情友愛的精神」。這反映出創始人對員工的情感。因此只要員工一到 TOYOTA 就職，都理所當然地認為會一直在 TOYOTA 工作到退休。TOYOTA 可以說是象徵終身僱用的企業。然而在 2019 年，豐田社長卻說道：「終身僱用十分困難」。就連 TOYOTA 都如此認為了，讓媒體也相繼開始說起「終身僱用的崩壞」。

終身僱用制對員工來說，具有能夠一直工作到退休的安心感，對企業來說，也具備能以長期為目標培育必要人才、確保人才的優點。但另一方面也有缺點。例如：年齡越高薪水就越多，因此耗費人事費支出，同時可能因來自終身僱用的安心感，而有難以提升員工的上進心與熱情的傾向。由於必須持續僱用這種無法提高生產性的員工，對企業也成了一種負擔。

這項制度是建立在經濟狀況安定的前提下，因此自 1990 年日本的經濟持續低迷後，就變得難以維持。也有人表示今後日本的僱用型態會變成像歐美一樣，依照工作內容錄取人才的「工作型僱用」。同時，隨著 AI 及機器人技術發展，接下來也會產生許多新的工作吧。年輕人必須意識到這點，並掌握必要技能。

🎯 習題解答 / 參考中譯

| 1 | 1 | 2 | 3 | 3 | 3 | 4 | 3 |

1 終身僱用（制）是什麼？

1　**企業僱用員工直到退休為止的制度。**

2　企業僱用員工直到無法工作為止的制度。

3　企業僱用員工直到失去工作熱情為止的制度。

4　企業與員工定期簽訂僱傭契約的制度。

2 終身僱用制的優點是什麼呢？請選出不正確的選項。

1 企業可以以長期為目標培育必要人才。

2 企業可以確保必要的人才。

3 員工具有生活獲得保障的安心感。

4 員工具有能到退休為止都在那間企業工作的安心感。

3 終身僱用制的缺點是什麼呢？請選出正確的選項。

1 隨著年齡的上升，員工的上進心與熱情會變得難以提升。

2 雖然會提高員工的上進心與熱情，但無法提高員工的生產性。

3 必須持續雇用無法提高生產性的員工。

4 持續終身雇用制的話會造成日本經濟低迷。

4 這點是指什麼呢？請選出適當的選項。

1 薪水高低與雇用型態的變化。

2 經濟低迷與科學技術的發展。

3 雇用型態的變化與今後產生的新工作。

4 科學技術的發展與今後產生的新工作。

🎯 小試身手

| 1 | 3 | 2 | 1 | 3 | 2 | 4 | 4 | 5 | 3 |

18 公司內部創意競賽

🎯 文章參考中譯

第 20 回　千鳥文具股份有限公司創意競賽

第 20 回的主題是「藉由這枝筆，傳達你的心」。

社群網站雖然也很方便，不過只要字字用心書寫，就能傳達你的心意。我們正在募集這種點子，讓人想要用這枝筆傳達心情！

徵稿說明

1. 參加資格：資歷 3 年以上的職員

2. 徵稿期間：6 月 1 日～7 月 30 日

3. 徵稿內容：讓人變得想傳達心情的筆

4. 提交內容：1. 報名紙（1 張）。

　　　　　　　　可以從公司內部社群網站下載。

　　　　　　　2. 作品企劃書（A4 規格 2 頁以內）。

　　　　　　　3. 企劃書裡除了作品說明之外，也請務必附上作品的照片或圖片。

5. 參加方式：請從公司內部社群網站報名。

6. 獎　　金：特優（1 件）獎金 10 萬日圓。

7. 結果公布：10 月 1 日於公司內部社群網站上公布。

注意事項

1. 請於 7 月 30 日的 17 點之前完成報名。

2. 報名可以是個人，或是 3 人以內的團體。

3. 若為團體報名，請由 1 人代表於公司內部社群網站報名。

洽詢單位

千鳥文具股份有限公司　商品企劃部　前田

電話：03-2468-1111　分機 5789

1	1		2	1

1 佐藤小姐打算以團體方式報名競賽。請問正確的報名方法為下列何者？

1 6月1日至7月30日17點前，由1位代表人從公司內部社群網站報名。

2 6月1日至7月30日17點前，團體3人各自提交至商品企劃部。

3 6月1日至7月30日17點前，團體4人當中的1人從公司內部社群網站報名。

4 6月1日至7月31日17點前，由1位代表人從公司內部社群網站報名。

2 正確的繳交方法為下列何者？

1 1張報名紙、1張作品企劃書附上1張作品的照片，透過公司內部社群網站報名。

2 2張報名紙、1張作品企劃書附上1張作品的照片，透過公司內部社群網站報名。

3 1張報名紙、1張作品企劃書附上1張作品的照片，提交至商品企劃部。

4 1張報名紙、3張作品企劃書附上1張照片和1張圖片，透過公司內部社群網站報名。

小試身手

1	1		2	4		3	1		4	1		5	3